## DARKLOVE.

GIRL, INTERRUPTED
Copyright © 1993 by Susanna Kaysen
Todos os direitos reservados.

Imagens do miolo: © Adobe Stock,
© Dreamstime.com, © Getty Images

Tradução para a língua portuguesa
© Verena Cavalcante, 2024

**Diretor Editorial**
Christiano Menezes

**Diretor Comercial**
Chico de Assis

**Diretor de Novos Negócios**
Marcel Souto Maior

**Diretor de Mkt e Operações**
Mike Ribera

**Diretora de Estratégia Editorial**
Raquel Moritz

**Gerente Comercial**
Fernando Madeira

**Gerente de Marca**
Arthur Moraes

**Gerente Editorial**
Marcia Heloisa

**Editora**
Nilsen Silva

**Capa e Projeto Gráfico**
Retina 78

**Coordenador de Arte**
Eldon Oliveira

**Coordenador de Diagramação**
Sergio Chaves

**Preparação**
Cristina Lasaitis

**Revisão**
Luciana Kühl

**Finalização**
Roberto Geronimo
Sandro Tagliamento

**Impressão e Acabamento**
Ipsis Gráfica

---

DADOS INTERNACIONAIS DE CATALOGAÇÃO NA PUBLICAÇÃO (CIP)
Jéssica de Oliveira Molinari CRB-8/9852

Kaysen, Susanna
  Garota, interrompida / Susanna Kaysen ; tradução de Verena
Cavalcante. — Rio de Janeiro : DarkSide Books, 2024.
  176 p. : il.

  ISBN: 978-65-5598-363-0
  Título original: Girl, Interrupted

  1. Kaysen, Susanna, 1948- Saúde mental  2. Pacientes de hospitais
psiquiátricos - Estados Unidos - Biografia.
  I. Título  II. Cavalcante, Verena

24-0344                                              CDD 926.1689

Índices para catálogo sistemático:
1. Kaysen, Susanna, 1948- Saúde mental

---

[2024]
Todos os direitos desta edição reservados à
**DarkSide®** *Entretenimento* LTDA.
Rua General Roca, 935/504 — Tijuca
20521-071 — Rio de Janeiro — RJ — Brasil
www.darksidebooks.com

## CASE RECORD FOLDER

McLean Hospital  KAYSEN  Susanna  M.

Voluntary  64 Wendell Street, Cambridge, Mass.  April 27, 1967

Since 9/66  Lane, Princeton, N. J.  Jewish  Single

Boston  Mass.  Nov. 11, 1948

Carl Kaysen  Philadelphia, Pa.

High School Graduate  Annette Neutra  Philadelphia, Pa.  Unknown

None  Mr. & Mrs. Carl Kaysen  Parents

Lane, Princeton, N. J.  AC609-

Bus: Princeton Inst. for Adv. Studies (Director)  AC609-

Dr. & Mrs. Sanford Gifford  Friends

Cambridge, Mass.  Un-

1 Psychoneurotic depressive reaction.
2 Personality pattern disturbance, mixed type.
3/0 Undifferentiated Schizophrenia.

# susanna | kaysen

# garot(a),
## interrompida

TRADUÇÃO  VERENA CAVALCANTE

None

Mt. Auburn Hospital  DARKSIDE  1965  (Stomach pumped)

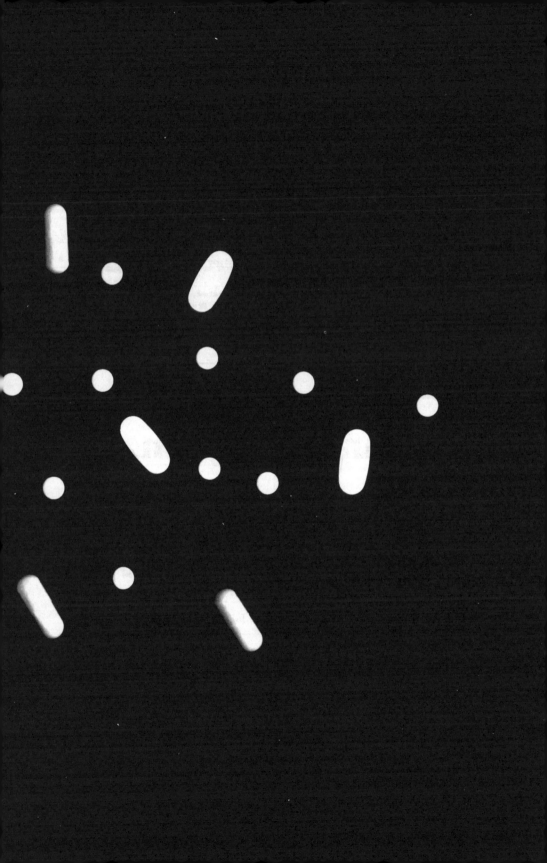

# GUIA DE REGISTRO CLÍNICO

| 1. Instituição<br>Hospital McLean | 2. Sobrenome<br>Kaysen | Primeiro nome<br>Susanna | Nome do meio<br>N. | 3. Número de registro | |
|---|---|---|---|---|---|
| 4. Situação jurídica<br>Voluntária | 5. Endereço no momento da internação<br>Rua Wendell n. 64, Cambridge, Massachusetts | | | 6. Data da internação<br>27 de abril/1967 | |
| 7. Situação jurídica posterior    Data | 8. Último endereço<br>O mesmo | | | 9. Gênero<br>Feminino | 10. Raça<br>Branca |
| 11. Núm. de registro | 12. Tempo no atual endereço<br>Desde 09/66 | 13. Endereço atual:<br>████ Lane, Princeton, N.J. | | 14. Religião<br>Judaica | 15. Estado civil<br>Solteira |
| 16. Data de imigração | | 17. Cidade nascimento<br>Boston    Estado de nascimento<br>Massachusetts | | 18. Data de nascimento<br>11 de nov./1948 (18 anos) | |
| 19. Lugar de naturalização    Data | | 20. Nome do pai<br>Carl Kaysen    Lugar de nascimento do pai<br>Filadélfia, Pensilvânia | | 21. Serviço Militar | |
| 22. Formação<br>Ensino médio completo | | 23. Nome de solteira da mãe    Lugar de nascimento da mãe<br>Annette Neutra    Filadélfia, Pensilvânia | | 24. Número do seguro social<br>Desconhecido | |
| 25. Ocupação<br>Nenhuma | | 26. Contato de emergência<br>Sr. e sra. Kaysen    Parentesco<br>Pais    Endereço<br>Lane, Princeton, N. J. | | | |
| 27. Ocupação do pai | | Telefone    Endereço de trabalho<br>-AC609-    Princeton Institute for Advanced Studies (Diretor)    Telefone<br>-AC609- | | | |
| 28. Ocupação da mãe | | 29. Contato de emergência    Parentesco<br>Dr. e sra. Sanford Gifford    Amigos | | | |
| 30. Diagnóstico prévio de internação<br>1. Reação depressiva psiconeurótica.<br>2. Transtorno de personalidade mista; esquizofrenia indiferenciada descartada. | | Endereço<br>████ Cambridge, Massachusetts    Telefone<br>████ | | | |
| | | 31. Contato de emergência    Parentesco<br>Endereço    Telefone | | | |

| 32. Diagnóstico final de doença mental<br>Transtorno de personalidade borderline (limítrofe)<br><br>**Expressão qualificadora** | 33. Diagnóstico final de outras doenças |
|---|---|

**34. Internações em outras instituições psiquiátricas**

| Nome da instituição | Localidade: | de Mês — Ano: | até Mês — Ano |
|---|---|---|---|
| Nenhuma | | | |

**35. Histórico de outras hospitalizações**

| Nome da instituição | Localidade: | Ano | Motivo |
|---|---|---|---|
| Mt. Auburn Hospital | Cambridge, Massachusetts | 1965 | Lavagem Estomacal |

*Para Ingrid e Sanford.*

# garot(a),
### interrompida

# SOBRE A TOPOGRAFIA DE UM UNIVERSO PARALELO

As pessoas sempre perguntam, "Como você foi parar lá?", mas o que elas realmente querem saber é se existe a possibilidade de elas também acabarem em um lugar como aquele. Não sei responder à verdadeira pergunta. Tudo que posso dizer é isso: "É fácil".

Cair dentro de um universo paralelo é algo muito fácil. Há tantos deles: o mundo dos insanos; o dos criminosos; o dos enfermos; o dos moribundos; e, talvez, até mesmo o dos mortos. Todos esses mundos se assemelham e coexistem com este, no qual vivemos, mas não são parte dele.

Georgina, minha colega de quarto, por exemplo, chegou ao hospital, repentinamente e de corpo e alma, durante seu ano de caloura em Vassar. Ela estava assistindo a um filme no cinema quando uma gigantesca onda de escuridão arrebentou sobre sua cabeça. Por alguns minutos, o mundo todo foi submerso. Então ela compreendeu que havia enlouquecido. Olhou ao redor para ver se aquilo havia acontecido com mais alguém, mas todas as outras pessoas estavam concentradas no filme. Saiu às pressas, porque a escuridão do cinema era excessiva quando combinada com as trevas que estavam inundando a cabeça dela.

"E depois disso?", perguntei.

"Muita escuridão", ela respondeu.

Mas a maioria das pessoas atravessa para outro universo aos pouquinhos, fazendo uma série de perfurações na membrana que separa o aqui do ali, até que uma abertura apareça. Quem poderia resistir a tal brecha?

No universo paralelo, as leis da física são revogadas. O que sobe não necessariamente desce; um corpo em repouso tende a não ficar em repouso; e nem toda ação chega a provocar uma reação, seja ela igual ou contrária. O tempo também funciona diferente. Pode correr em círculos, retroceder, pular de um momento para o outro. O próprio arranjo das moléculas é fluido: mesas podem ser relógios, rostos podem ser flores.

Todavia, você só descobrirá esses fatos depois.

Outra característica estranha sobre o universo paralelo é que, ainda que seja invisível do lado de cá, uma vez que você esteja nele, é possível visualizar facilmente o mundo de onde você veio. Às vezes, ele pode parecer colossal e ameaçador, trêmulo e instável como uma montanha gigantesca de gelatina; em outros momentos, é uma miniatura sedutora, girando e reluzindo em sua própria órbita. De qualquer maneira, não é possível descartá-lo.

Todas as janelas da prisão de Alcatraz têm vista para a cidade de San Francisco.

# O TÁXI

"Você está com uma espinha", o médico disse.

Eu esperava que ninguém notasse.

"Você está cutucando", ele continuou.

Quando acordei naquela manhã — bem cedo, para chegar à consulta —, a espinha tinha atingido aquele estágio de maturação em que implora para ser espremida. Ela estava ansiando por libertação. Ao livrá-la de sua pequenina redoma branca, pressionando até que o sangue brotasse, experimentei um sentimento de realização, de dever cumprido. Eu havia feito tudo que podia por essa espinha.

"Você está cutucando a si mesma", o médico disse.

Concordei com um aceno de cabeça. Ele continuaria insistindo nisso até que eu concordasse, então simplesmente concordei.

"Você tem namorado?", ele perguntou.

Concordei com a cabeça para isso também.

"Tem tido problemas com ele?" Era uma pergunta retórica, na verdade, pois o médico já estava balançando a cabeça afirmativamente no meu lugar. "Você está cutucando a si mesma", ele repetiu. Então saiu de trás da escrivaninha e avançou na minha direção. Era um homem tenso e gordo, de cabelos escuros e barriga maciça.

"Você precisa de um descanso", ele anunciou.

Eu realmente precisava de um descanso, principalmente levando em conta o quanto tinha acordado cedo só para comparecer à consulta desse médico, que morava longe, afastado da cidade. Precisei trocar de trem duas vezes. Além disso, teria que refazer meus passos para chegar ao trabalho. Sentia-me cansada só de pensar no trajeto.

"Você não acha?", ele ainda estava parado na minha frente. "Não acha que precisa de um descanso?"

"Sim, acho", falei.

Ele caminhou a passos largos até a sala adjacente. Pude ouvi-lo falando ao telefone.

Penso com frequência nesses minutos — naqueles que foram meus últimos dez minutos. Sei que tive o impulso de me levantar, sair pela porta que havia entrado, caminhar os muitos quarteirões até a estação e aguardar pelo trem que me levaria de volta para meu namorado problemático e meu emprego na loja de utensílios de cozinha. Mas eu estava muito cansada.

Então ele voltou empertigado para o consultório, parecendo ao mesmo tempo agitado e satisfeito consigo mesmo.

"Encontrei um leito para você", ele disse. "Você vai descansar. Apenas por algumas semanas, certo?" Seu tom de voz era conciliador, quase suplicante, o que me assustou.

"Posso ir na sexta", eu disse. Era uma terça-feira. Na sexta, talvez, eu já não quisesse ir.

Ele se aproximou ameaçadoramente, a barriga parecendo se avolumar sobre mim. "Não. Você vai agora."

Achei a situação muito absurda. "Eu tenho um compromisso marcado para o almoço", falei.

"Esqueça", ele respondeu. "Você não vai sair para almoçar. Você vai para o hospital." Ostentava um ar de vitória.

Antes das oito da manhã, tudo era silencioso longe da cidade. Nenhum de nós tinha mais nada a dizer. Por isso, consegui ouvir o táxi estacionando na entrada de carros do consultório.

O médico me pegou pelo cotovelo — apertando-me com seus dedos largos e grossos — e me guiou para fora. Ainda em posse do meu braço, abriu a porta traseira do táxi e me empurrou para dentro. Sua cabeça enorme pareceu pairar ali comigo, por um momento, hesitante, no banco traseiro. Então ele bateu a porta do carro.

O motorista abaixou o vidro do automóvel pela metade.

"Vai pra onde?"

Sem casaco naquela manhã fria, plantado sobre suas duas pernas sólidas na entrada de carros, o médico ergueu o braço e apontou para mim.

"Leve-a pro McLean", ele disse, "e não permita que ela saia do carro até chegar lá."

Deixei minha cabeça cair sobre o encosto e fechei os olhos. Estava feliz em poder andar de táxi em vez de ter que esperar pelo trem.

**Hospital Mclean: FORMULÁRIO DE SOLICITAÇÃO PARA INTERNAÇÃO**

Data: _27/04/67_                    Informações obtidas por: _M-A_

**PACIENTE:**                                  **ENCAMINHADO POR:**

Nome: _Susanna Kayson_              Nome: _Dr._ ▓▓▓▓▓▓▓

Endereço: _Rua Wendell, número 64_    Endereço:
_Cambridge_
Telefone:                                      Telefone: ▓▓▓▓▓▓▓

Idade: _18_                                    **Relação** (caso seja médico, favor
                                               informar a especialidade e se _Psiquiatra_
Estado civil: _____ Nº de filhos: _____  comparecerá à internação): _____

(NOTA: Se a solicitação foi feita por um parente, informe aqui o nome e o endereço do médico a ser
contatado; se foi feita pelo médico, informe aqui o nome do parente ou amigo a ser contatado.)

Nome: ▓▓▓ _sr. Carl Kayson_          _Institute of Advanced Studies,_
                  _09921 Lane,_ ▓▓▓   _609921_
Endereço: ▓▓▓▓ _Princeton_
Telefone:              Parentesco:     _Sr. e sra. Samford_
                                       _Grifford_
                                       _Hillside Pl, Cambridge,_
**SITUAÇÃO FINANCEIRA (taxas inclusas):**  _4N4, NY_ ▓▓▓
_Valor coberto por um ano_
_Renda: 50.000._
_Patrimônio: 60–70.000_

**EM CASO DE INTERNAÇÃO:**
Horário de chegada: _____     Transporte de chegada: _____
Acompanhante: _Ninguém_            Ala: _SB II_
Tipo de internação: _Voluntária_   Caso designado a: ▓▓▓▓▓▓▓▓▓

**RAZÃO DO ENCAMINHAMENTO:**
_Recomendação de 3 anos de internação no Mclean:_
_Profundamente deprimida, tendências suicidas, estilo de vida desregrado e atípico,_
_comportamento promíscuo_ ▓▓▓▓ _ou vai acabar se matando, ou engravidando:_
_3 anos de terapia (não quer voltar às sessões):_
_Filha:_
_Fugiu de casa há quatro meses, vive em pensão em Cambridge, desesperada._

**TRATAMENTOS PSIQUIÁTRICOS ANTERIORES: Onde:** _____
Tipo: Avaliação ( ) Terapia ( ) Outro (especificar)_____ Quando: _____
Responsável: _____ DEFICIÊNCIAS FÍSICAS: _____ ALERGIAS: _____
COMPORTAMENTO SUICIDA (X) COMPORTAMENTO VIOLENTO ( ) COMPORTAMENTO ESCAPISTA ( )

**CASO SEJA NECESSÁRIO O ACOMPANHAMENTO:** (fazer um resumo do quadro clínico;
detalhamento em folha separada; assinatura no nome do responsável)

**CASO O PACIENTE NÃO SEJA ADMITIDO:** (fazer um resumo dos motivos; assinatura no nome
do responsável)

Hospital McLean

MEMORANDO INTERNO

Data: <u>15 de junho de 1967</u>

PARA:       <u>Arquivo</u>
            Dr. █████████

DE:         Dr. █████████

ASSUNTO:    Susanna Kaysen


Susanna Kaysen foi examinada por mim em 27 de abril
de 1967. Após minha avaliação, que durou cerca de
três horas, ela foi encaminhada para internação no
Hospital McLean.

Minha decisão foi baseada:

1. No desregramento progressivo e caótico da vida da
   paciente combinado ao desequilíbrio e à inversão
   de seu ciclo de sono;

2. Na sua depressão severa, desânimo e ideações
   suicidas;

3. No seu histórico de tentativas de suicídio;

4. Na sua falta de terapia e ausência de
   planejamento. A paciente sofre de devaneios
   extremos, introversão e isolamento social
   progressivos.

A paciente havia frequentado as sessões de
psicoterapia da dra. █████████. Em momento
nenhum atuei como seu psicoterapeuta e a paciente
sempre soube que essa nunca foi a minha função.

# ETIOLOGIA

Esta pessoa (escolha uma alternativa):

1. está em uma perigosa jornada, sobre a qual podemos aprender muito, caso ela retorne algum dia;

2. está possuída por (escolha uma alternativa):
a) deuses;
b) Deus (ou seja, um profeta);
c) espíritos malignos, criaturas diabólicas ou demônios;
d) pelo próprio Diabo.

3. é uma bruxa;

4. está enfeitiçada (variante do item número 2);

5. é má, por isso deve ser punida e isolada;

6. está doente, por isso deve ser isolada e tratada com (escolha uma alternativa):
a) sanguessugas e laxantes;
b) remoção uterina (caso a pessoa tenha um útero);
c) tratamento de eletrochoque no cérebro;
d) lençóis frios e molhados enrolados firmemente em volta do corpo;
e) Amplictil ou Stelazine;

7. está doente, por isso deve passar os próximos sete anos falando sobre isso;

8. é vítima de uma sociedade que demonstra pouca tolerância a comportamentos desviantes;

9. é uma pessoa sã em um mundo insano;

10. está em uma jornada perigosa da qual talvez nunca retorne.

# FOGO

Uma de nós ateou fogo nela mesma. Ela usou gasolina. Pergunto-me como a conseguiu, já que não tinha idade suficiente para dirigir na época. Será que ela foi andando até o posto de gasolina do bairro e disse que o carro do pai tinha ficado sem combustível? Eu não conseguia olhar para ela e não pensar nisso.

Acho que a gasolina se acumulou nos ossos da clavícula, formando poças ali, na região dos ombros, porque as bochechas e o pescoço eram as suas partes mais deformadas. As cicatrizes eram como listras escalando seu pescoço, cordões grossos e salientes, alternando entre tons de cor-de-rosa e branco. Eram tão fibrosas e largas que ela não conseguia virar a cabeça; em vez disso, precisava girar toda a parte superior de seu corpo se quisesse ver alguém que estivesse ao lado dela.

Cicatrizes não têm personalidade. Não são como a pele. Não mostram sinais de idade, de doença, nem palidez ou bronzeado. Não têm poros, não têm pelos, não têm rugas. É como uma espécie de capa de sofá. Protege e disfarça o que há embaixo. É por isso que decidimos criá-las — porque temos algo que gostaríamos de esconder.

O nome dela era Polly. Um nome que deve ter lhe parecido ridículo[*] nos dias — ou meses — durante os quais planejou atear fogo em si mesma, mas que se adequava perfeitamente à sua vida de sobrevivente escondida sob a

---

[*] Aqui a autora está fazendo uma referência ao nome Pollyanna, personagem do livro homônimo de Eleanor H. Porter, conhecida por ser otimista e ingênua e passar seus dias tentando ensinar outros personagens, pessoas rabugentas e infelizes, a jogarem o "Jogo do Contente". (Salvo indicação em contrário, as notas são da tradutora.)

"capa". Ela nunca estava triste. Era sempre acolhedora e gentil com aqueles que estivessem infelizes. Ela nunca reclamava e sempre tinha tempo para ouvir as reclamações dos outros. Era uma pessoa irrepreensível por baixo de sua apertada capa rosa e branca impermeável. Qualquer que tenha sido a motivação dela, da voz que tenha sussurrado "Morra!", na sua antes perfeita, agora disforme orelha, isso não importava mais, pois ela a havia imolado.

Por que fez aquilo? Ninguém sabia. Ninguém se atrevia a perguntar. Uau! Que coragem! Que tipo de pessoa era tão corajosa a ponto de botar fogo em si mesma? Vinte aspirinas, um cortezinho perpendicular às veias do braço, talvez até uma angustiante meia hora balançando de algum telhado... Todas nós já fizemos isso. De certa forma até coisas mais perigosas, como colocar o cano de um revólver dentro da boca. Mas uma vez que ele está lá dentro, e você sente o gosto, frio e gorduroso, com o seu dedo em cima do gatilho, você descobre todo um mundo se colocando entre você e o momento em que planeja apertá-lo. É esse mundo que te derrota. Você coloca o revólver de volta na gaveta. Vai ter que encontrar outra maneira.

Como esse momento terá sido para ela? O momento em que ela acendeu o fósforo. Será que ela já tinha tentado o telhado, o revólver, as aspirinas? Ou foi simplesmente um momento de inspiração?

Eu já tive um momento desses. Acordei um dia de manhã e decidi que aquele seria o dia em que eu engoliria cinquenta aspirinas. Era a minha tarefa, o meu trabalho do dia. Enfileirei-as todas sobre a escrivaninha e, contando, tomei uma por uma. Mas isso não é a mesma coisa que ela fez. Eu podia ter parado no dez, ou no trinta. Ou eu podia ter feito o que fiz, que foi sair de casa e cair desmaiada na rua. Cinquenta aspirinas são muitas aspirinas, mas sair andando pela rua até desmaiar é como colocar o revólver de volta na gaveta.

Ela acendeu o fósforo.

Onde? Na garagem de casa, onde ela não conseguiria queimar nada além dela mesma? Ao ar livre, em um campo? Na quadra de esportes da escola? Em uma piscina vazia?

Alguém a encontrou, mas depois de um tempo.

Quem teria coragem de beijar uma pessoa daquelas? Uma pessoa sem pele?

Ela ainda não tinha 18 anos quando esse pensamento lhe ocorreu. Ela passaria um ano conosco. Enquanto as outras gritavam e esperneavam, choravam e se contorciam, Polly observava e sorria. Sentava-se junto daquelas que estavam assustadas e sua presença as confortava. O sorriso dela não era maldoso, ao contrário, era compreensivo. A vida era um inferno, ela sabia disso. Contudo, seu sorriso parecia insinuar que ela havia queimado essa ideia de dentro dela também. Por vezes, seu sorriso parecia até mesmo superior. Nós não tínhamos a coragem para incinerar o interior de nós mesmas — mas ela também era capaz de compreender isso. Cada uma de nós era diferente. E fazíamos o que era possível.

Certa manhã, ouvimos alguém chorando, mas as manhãs costumavam ser muito barulhentas: aconteciam brigas sobre quem tinha acordado ou não na hora certa e reclamações exaltadas sobre pesadelos. Polly era sempre tão silenciosa, uma presença tão discreta, que nem notamos sua ausência no café da manhã. Então, terminado o café, percebemos que ainda conseguíamos ouvir o choro.

"Quem está chorando?"

Ninguém sabia.

Era hora do almoço e ainda ouvíamos os lamentos.

"É a Polly", disse Lisa, que sempre sabia de tudo.

"Por quê?"

Mas isso nem Lisa soube responder.

Ao cair da noite, o choro se transformou em gritos. O crepúsculo é uma hora perigosa. No começo, ela berrava "Aaaaaaaaah!" e "Iiiiiih!". Depois, ela começou a uivar palavras.

"Meu rosto! Meu rosto! *Meu rosto!*"

Ouvíamos outras vozes tentando acalmá-la, murmurando palavras reconfortantes, mas ela continuou gritando aquela frase, de maneira incessante, longa noite adentro.

Lisa disse: "Bem, eu já estava esperando por algo assim há um tempo".

Acho que só então percebemos o quanto havíamos sido tolas.

Por fim, nós acabaríamos saindo do hospital, mas Polly estava aprisionada para sempre dentro daquele corpo.

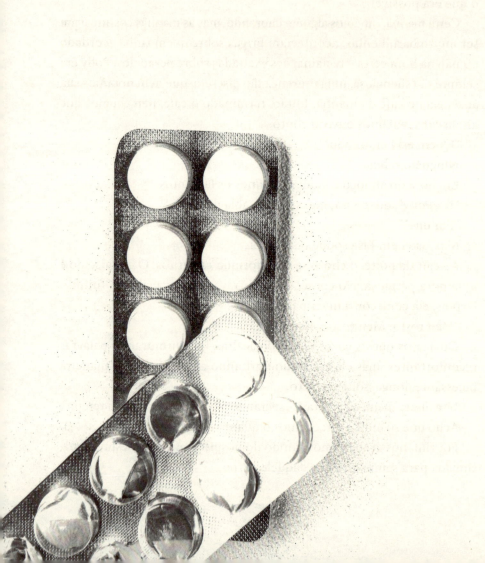

# LIBERDADE

Lisa tinha fugido de novo. Ficamos tristes, pois era ela quem nos dava ânimo. Era muito engraçada. Ah, Lisa! Mesmo agora, não consigo pensar nela sem sorrir.

O pior é que, no fim das contas, era sempre capturada e trazida de volta, suja, com os olhos desvairados e selvagens de quem tinha visto a liberdade. Então ela amaldiçoava os responsáveis pela sua captura, e ninguém, nem mesmo as enfermeiras veteranas, conseguia conter as gargalhadas ao ouvir os xingamentos que ela inventava.

"Seu queijinho de boceta!", ou outro de seus favoritos: "Seu morcego esquizofrênico!".

Geralmente, levavam menos de um dia para encontrá-la. Ela não conseguia chegar muito longe — sempre a pé, sem dinheiro. Porém, dessa vez, ela parecia ter dado sorte. No terceiro dia, ouvi alguém na ala da enfermaria, ao telefone, mencionando um aviso de alerta geral e intensificação de buscas.

Lisa não era nada difícil de identificar. Ela mal comia e nunca dormia, então era magra e amarelada, daquele jeito que as pessoas costumam ser quando não se alimentam bem, e tinha bolsas enormes sob os olhos. Seus cabelos eram compridos, escuros e opacos, geralmente mantidos presos com uma presilha prateada. Além disso, tinha os dedos mais longos que já vi na vida.

Dessa vez, quando a trouxeram de volta, estavam quase tão furiosos quanto ela. Dois homens fortes a seguravam pelos braços, e um terceiro cara a imobilizava pelo cabelo, puxando-o tanto para trás que os olhos de Lisa estavam saltados para fora. Todos estavam em silêncio, inclusive ela mesma. Eles a levaram até o fim do corredor, para a solitária, enquanto nós assistíamos.

Nós assistíamos a muitas coisas.

Assistíamos quando Cynthia voltava chorando da sua sessão semanal de terapia de eletrochoque. Assistíamos enquanto Polly tremia depois de ter sido embrulhada em lençóis molhados e frios como gelo. Contudo, uma das piores coisas que vimos foi Lisa saindo da solitária, dois dias depois.

Para começar, tinham cortado as unhas dela até a carne. Ela sempre teve unhas belíssimas, das quais ela cuidava — pintando, lixando, moldando, lustrando. Diziam que, em vez de unhas, ela tinha "navalhas".

Além disso, também levaram o cinto dela. Lisa sempre usava um cinto barato revestido de miçangas — o tipo de cinto que costuma ser confeccionado em reservas indígenas. Era verde, com triângulos vermelhos, e tinha pertencido a seu irmão, Jonas, o único da família que ainda mantinha contato com ela. Segundo Lisa, nem sua mãe e nem seu pai faziam questão de visitá-la porque ela era uma sociopata. Confiscaram seu cinto para que ela não pudesse usá-lo para se enforcar.

Eles não compreendiam que Lisa jamais se enforcaria.

Naquele dia, eles a libertaram da solitária, devolveram o cinto, e logo suas unhas começaram a crescer de novo, mas a Lisa que conhecíamos não voltou. Agora ela só sentava e assistia à TV, na companhia das mais doentes de nós.

Lisa nunca assistia à televisão. A única coisa que ela dedicava a quem tinha esse costume era o escárnio.

"Isso é merda!", ela berrava, enfiando a cabeça pela porta da sala de televisão. "Vocês já se comportam como robôs! Isso aí só vai deixar vocês piores."

Às vezes, ela desligava o aparelho e parava na frente dele, desafiando alguém a tentar ligá-lo de novo. Mas a plateia era geralmente composta de espectadoras catatônicas e deprimidas, que mal conseguiam se mover. Depois de cinco minutos, que era mais ou menos o tempo que aguentava ficar parada no mesmo lugar, Lisa se mandava para fazer uma outra coisa; então, pouco depois, a pessoa encarregada da ronda do dia viria e acabaria ligando a televisão novamente.

Já que fazia dois anos que Lisa não dormia — o tempo em que esteve com a gente —, as enfermeiras tinham desistido de pedir que ela fosse para a cama. Em vez disso, ela tinha uma cadeira só para ela no corredor, exatamente como a equipe noturna, e lá ela podia ficar sentada, a noite inteira, só fazendo as unhas. Ela fazia um chocolate quente maravilhoso, por isso, às três da manhã, ela os preparava para as funcionárias e para quem mais estivesse acordado. Era muito mais calma à noite.

Uma vez eu perguntei: "Lisa, por que é que à noite você não grita nem fica correndo de um lado pro outro?".

"Eu também preciso descansar", ela respondeu. "Só porque eu não durmo, isso não quer dizer que eu não precise descansar."

Lisa sempre soube do que precisava. Ela dizia: "Preciso de uma folga deste lugar", e então fugia. Quando voltava, nós sempre perguntávamos como tinha sido lá fora.

"O mundo é ruim", ela respondia. Geralmente, parecia feliz em estar de volta. "Não tem ninguém para cuidar da gente lá fora."

Agora, no entanto, ela não dizia nada. Passava todo o tempo na sala de televisão. Ela assistia aos programas religiosos, aos jogos de auditório, aos programas de entrevista da madrugada, às primeiras notícias do dia. Sua cadeira no corredor vivia desocupada e não havia mais ninguém para fazer chocolate quente.

"Vocês estão dando alguma droga pra ela?", perguntei para a responsável da ronda.

"Você sabe que não podemos discutir medicação com os pacientes."

Perguntei à chefe da enfermaria. Eu já a conhecia havia algum tempo, inclusive antes mesmo de ter se tornado a enfermeira-chefe, mas ela agiu como se sempre tivesse tido o cargo.

"Nós não podemos falar sobre a medicação, você sabe muito bem disso."

"Pra que perder tempo perguntando?", Georgina disse. "Ela está completamente grogue. Claro que estão dopando ela."

Cynthia achava que não. "Ela ainda está andando direito", opinou.

"Eu não estou", disse Polly. Ela realmente não estava. Andava por aí com os braços esticados na frente do corpo, as mãos listradas de branco e rosa penduradas dos pulsos, os pés se arrastando pelo chão. Os lençóis gelados não tinham funcionado; ela ainda gritava todas as noites até decidirem dopá-la com algum medicamento.

"É, mas levou um tempo", eu disse. "No começo você ainda andava normalmente."

"É, mas agora não mais", Polly respondeu, olhando para as próprias mãos.

Então fui até Lisa e perguntei se eles a estavam drogando com alguma coisa, mas ela sequer olhou para mim.

Assim, um ou dois meses se passaram. Lisa com as catatônicas na sala de televisão, Polly andando como um cadáver motorizado, Cynthia em prantos depois das terapias de eletrochoque ("Não é que eu esteja triste", ela me explicou, "eu simplesmente não consigo controlar"), e Georgina e eu na nossa suíte dupla. Éramos consideradas as mais saudáveis do grupo.

Com a chegada da primavera, Lisa começou a passar menos tempo na sala de televisão. Ela agora ficava no banheiro, para ser mais exata, o que não era ótimo, mas pelo menos era uma mudança.

Perguntei para a encarregada da ronda: "O que é que ela está fazendo no banheiro?".

Ela era nova no trabalho: "E eu lá tenho que vigiar o que os outros fazem no banheiro?".

Fiz o que costumávamos fazer com as novatas.

"Devia, pois alguém pode se enforcar lá dentro em um minuto! No fim das contas, onde é que você acha que está? Num internato?"

Depois a encarei, chegando com meu rosto bem pertinho do dela. Elas não gostavam disso, de encostar na gente.

Notei que Lisa escolhia um banheiro diferente a cada vez. Havia quatro, então ela fazia o circuito diariamente, percorrendo cada um deles. Ela não parecia bem. Seu cinto estava frouxo e ela parecia mais amarela que o normal.

"Talvez ela só esteja com disenteria", falei para Georgina, mas Georgina continuava insistindo que ela estava era muito chapada.

Em uma manhã de maio, estávamos tomando o café da manhã quando ouvimos uma porta bater. Então Lisa apareceu na cozinha.

"Vamos deixar a TV pra depois", disse. Ela encheu uma xícara grande com café, como sempre havia feito pelas manhãs, e se sentou à mesa. Sorriu para nós e nós sorrimos de volta.

"Esperem pra ver...", ela disse.

Ouvimos um corre-corre e vozes dizendo coisas como "Mas que negócio é esse...?" e "Como isso é possível...?". Então a enfermeira-chefe irrompeu cozinha adentro.

"Foi você", ela disse para Lisa.

Corremos para ver do que ela estava falando.

Lisa tinha embrulhado todos os móveis — alguns deles ainda sendo ocupados pelas meninas catatônicas —, a TV e os extintores de teto com papel higiênico. Metros e metros de papel higiênico esvoaçavam e se balançavam, embolados e dobrados em absolutamente tudo, espalhados por todos os lugares. Era magnífico.

"Ela não estava dopada", eu disse para Georgina. "Ela estava planejando."

Depois disso, tivemos um ótimo verão, em que Lisa nos contou várias histórias sobre tudo que havia feito naqueles três dias nos quais esteve livre.

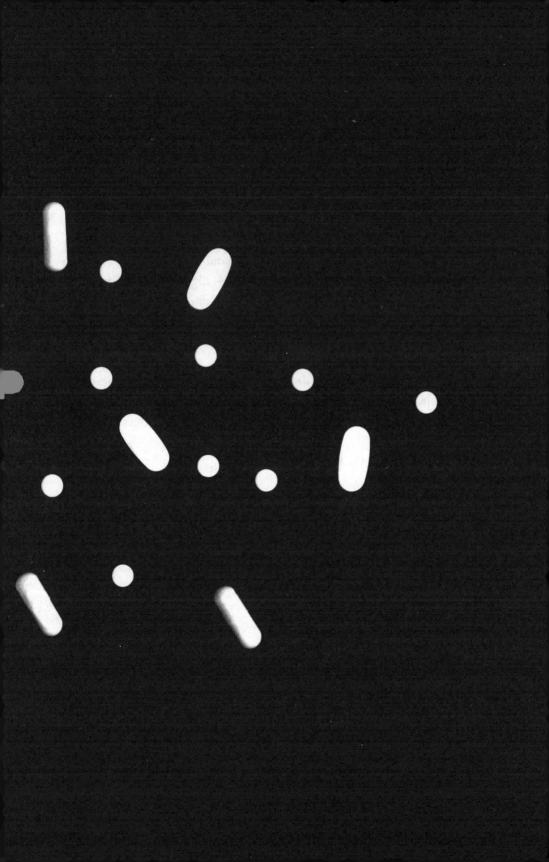

# O SEGREDO DA VIDA

Um dia recebi uma visita. Eu estava na sala de televisão, assistindo a Lisa assistir à TV, quando uma enfermeira entrou e disse:

"Você tem uma visita. Um homem."

Não era meu namorado problemático. Em primeiro lugar, ele nem era mais meu namorado. Em segundo, como alguém que está trancafiada poderia sequer pensar em ter um namorado? De qualquer maneira, ele não suportaria vir aqui. Afinal, a mãe dele também era uma doida de hospício e ele queria continuar fingindo que não se lembrava disso.

Também não era meu pai, pois ele era um homem muito ocupado.

Muito menos meu professor de inglês do ensino médio. Ele tinha sido demitido e agora vivia na Carolina do Norte.

Saí para encontrar meu visitante.

Ele estava parado perto da janela na sala de estar, olhando para fora: alto como uma girafa, dono de ombros curvados, acadêmicos, os pulsos aparecendo pelas mangas curtas da jaqueta, os cabelos claros espetados para cima, assemelhando-se a uma coroa. Ele se virou quando me ouviu entrando.

Era Jim Watson.* Eu estava feliz em vê-lo porque, na década de 1950, ele tinha descoberto o segredo da vida e agora, talvez, quem sabe, pudesse compartilhá-lo comigo.

"Jim!", exclamei.

---

\* James Watson, biólogo molecular, vencedor do Prêmio Nobel em 1962 por ter descoberto a estrutura da molécula do DNA. Jim Watson era amigo da família Kaysen na época.

Ele veio devagar na minha direção. Ele oscilava, viajava e boiava quando estava conversando com alguém; era justamente por viver no mundo da lua que eu simpatizava com ele.

"Você parece bem", ele disse.

"O que você esperava?", perguntei.

Ele balançou a cabeça.

"O que eles fazem com você aí dentro?", sussurrou.

"Nada", falei. "Eles não fazem absolutamente nada."

"Isso aqui é horrível."

A sala de estar era uma parte especialmente terrível da nossa ala. Era imensa e entulhada de poltronas gigantescas forradas com vinil que peidavam sempre que alguém se sentava sobre elas.

"Não é tão ruim assim", retruquei, mas eu estava acostumada com aquela realidade, ele não.

Jim titubeou até a janela e olhou para fora novamente. Depois de um tempo, me chamou acenando com um de seus longos braços.

"Olha", ele apontou.

"Olha o quê?"

"Aquilo", ele estava apontando para um carro. Era um carro vermelho esportivo, um Mustang, talvez. "É meu", disse.

Ele tinha ganhado o Prêmio Nobel, então era muito provável que tivesse usado o dinheiro do prêmio para comprar o carro.

"Legal", eu disse. "Muito bacana."

Agora ele estava sussurrando de novo:

"Podíamos ir embora".

"Hã?"

"Você e eu, nós podíamos partir."

"Você quer dizer, de carro?", eu estava confusa. Era esse o segredo da vida? O segredo da vida era fugir?

"Eles viriam atrás de mim", falei.

"O carro é rápido!", ele respondeu. "Eu poderia tirar você daqui."

Repentinamente me senti superprotetora com relação a ele.

"Obrigada. Muito obrigada por oferecer. É muita gentileza de sua parte", eu disse.

"Você não quer ir?", ele se inclinou na minha direção. "Podíamos ir pra Inglaterra!"

"Inglaterra?", o que é que a Inglaterra tinha a ver com isso? "Não, eu não posso ir pra Inglaterra", respondi.

"Você poderia trabalhar como governanta", ele disse.

Imaginei essa outra vida por dez segundos. Uma vida que começava no momento em que eu pisava no carro vermelho de Jim Watson e partíamos velozes do hospital em direção ao aeroporto. A parte da governanta, entretanto, parecia muito vaga e obscura. Aliás, tudo me parecia muito vago e obscuro. Por outro lado, as poltronas de vinil, as telas de segurança, a campainha na porta da enfermaria, não. Todas essas coisas eram muito claras para mim.

"Agora eu estou aqui, Jim", eu disse. "Acho que é onde eu devo ficar."

"Certo", ele não parecia ofendido. Deu uma olhada na sala uma última vez e sacudiu a cabeça.

Continuei parada na janela. Depois de alguns minutos, vi quando ele entrou em seu carro vermelho e partiu, deixando pequenas nuvens de fumaça de escapamento para trás. Logo, voltei para a sala de televisão.

"Oi, Lisa", falei. Fiquei feliz de ver que ela ainda estava ali.

"Hummm", ela respondeu.

Então nos acomodamos para assistir a um pouco mais de TV.

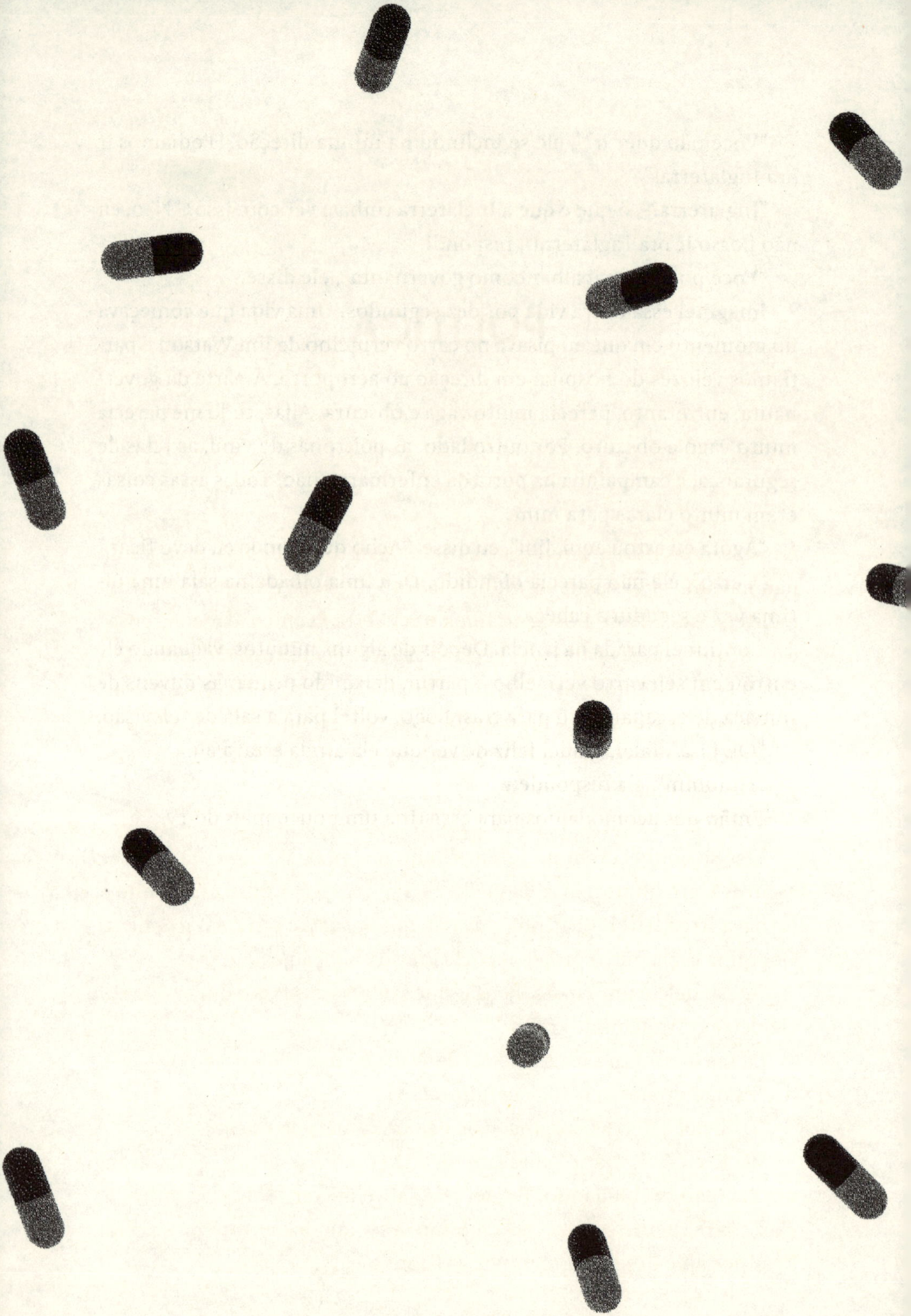

# POLÍTICA

Às vezes, em nosso universo paralelo, aconteciam coisas que ainda não haviam se passado no mundo lá fora. Depois, quando elas finalmente se sucediam, nós sentíamos uma certa familiaridade, a sensação de que versões parecidas já tinham acontecido conosco antes. Era como se fizéssemos parte de uma província — New Haven em contraste com a Nova York do mundo real, por exemplo —, ou como se a história estivesse fazendo um teste aqui, uma pré-estreia antes do grande espetáculo.

Como a história de Wade, o namorado de Georgina, e do açúcar.

Eles se conheceram no refeitório do hospital. Wade tinha cabelos escuros e era bonito, mas daquele jeito sem graça. Era sua fúria que o tornava irresistível. Ele tinha raiva de quase tudo e seu ódio irradiava. Georgina dizia que o problema dele era sua relação com o pai.

"O pai dele é um espião. Pensar que jamais vai ser tão durão quanto ele deixa o Wade muito puto."

Eu me interessava mais pelo pai de Wade do que pelos problemas dele.

"Espião do nosso lado?", perguntei.

"É óbvio!", disse Georgina, mas não diria mais do que isso.

Wade e Georgina se sentavam no chão do nosso quarto e passavam um tempão cochichando. Eu deveria sair e deixar os dois sozinhos e, claro, geralmente eu fazia isso mesmo. Mas um dia, entretanto, decidi ficar por ali e descobrir mais coisas sobre o pai do rapaz.

Wade amava falar sobre ele. "Ele vive em Miami para poder chegar mais fácil a Cuba. Ele invadiu Cuba. Matou dezenas de pessoas com as próprias mãos. Ele sabe, inclusive, quem matou o presidente."

"Foi ele quem matou o presidente?", perguntei.

"Não, eu acho que não", respondeu Wade.

O sobrenome de Wade era Barker.

Porém, preciso admitir que eu não acreditava em uma só palavra do que Wade dizia. Afinal de contas, ele era só um adolescente louco de 17 anos de idade que, em seus acessos de fúria, precisava de duas pessoas para contê-lo. Por vezes, Georgina não podia vê-lo, pois ele passava uma semana trancafiado na ala em que estava internado. Então ele finalmente se acalmava e voltava a visitar o chão do nosso quarto.

O pai de Wade tinha dois amigos particularmente interessantes do ponto de vista dele: Liddy e Hunt. "Esses caras são capazes de fazer qualquer coisa!", dizia. E repetia isso frequentemente, sempre em um tom meio preocupado.

Georgina não gostava muito de quando eu o incomodava com as minhas perguntas; ela fazia questão de me ignorar, como se eu não estivesse sentada no chão com eles. Mas eu não conseguia me conter.

"Tipo o quê?", eu perguntava. "Que tipo de coisas eles fazem?"

"Não posso revelar", respondia Wade.

Pouco depois dessa última conversa, ele entrou em uma crise violenta que durou diversas semanas.

Georgina parecia perdida sem as visitas do namorado. Porque eu me sentia, de alguma forma, responsável pela ausência dele, encarreguei-me de oferecer diversas possibilidades de distração.

"Vamos redecorar o quarto?", sugeri. "Vamos jogar Scrabble?", ou então: "Vamos cozinhar alguma coisa?".

Cozinhar era o passatempo favorito de Georgina.

"Vamos fazer caramelos!", ela disse.

Fiquei bastante surpresa com a descoberta de que apenas duas pessoas em uma cozinha fossem capazes de preparar caramelos. Na minha ideia, caramelos eram itens de produção em massa, como automóveis, que necessitavam de maquinário complicado para serem feitos.

No entanto, de acordo com Georgina, bastava uma frigideira e açúcar.

"Quando estiver caramelizado", ela explicou, "nós formamos bolinhas e deixamos descansar em papel-manteiga."

As enfermeiras nos viram cozinhando e acharam uma gracinha. "Treinando pra quando você e o Wade se casarem?", uma delas perguntou.

"Não acho que o Wade seja o tipo de cara que se case", Georgina respondeu.

Até alguém que nunca preparou caramelo antes sabe como o açúcar fica quente pouco antes de caramelizar. Ele estava exatamente nesse ponto quando deixei a panela escorregar e derrubei metade do conteúdo na mão de Georgina, que, naquele momento, estava segurando o papel-manteiga esticado.

Eu gritei e gritei, mas Georgina não abriu a boca. As enfermeiras correram e acudiram com gelo, unguentos e bandagens, e eu continuei berrando, mas Georgina simplesmente não reagiu. Ficou apenas imóvel, com a mão coberta de doce esticada na frente dela.

Anos depois, não me lembro se foi E. Howard Hunt ou G. Gordon Liddy que, durante os interrogatórios do caso Watergate, disse que toda noite mantinha a mão sobre a chama de uma vela acesa até que toda a palma estivesse queimada a fim de se assegurar que, caso fosse capturado, suportaria ser submetido a tortura.

Não importa quem disse o quê, nós já sabíamos sobre tudo isso: sobre a Baía dos Porcos, sobre a pele queimada, sobre os assassinos que matavam a sangue-frio e eram capazes de qualquer coisa. Nós tínhamos assistido à pré-estreia antes do espetáculo. Wade, Georgina, eu, e toda a plateia de enfermeiras que escreviam relatórios mais ou menos assim: "A paciente não esboçou qualquer reação após o acidente" e "O paciente continua fantasiando que seu pai é um agente da CIA e tem amigos perigosos".

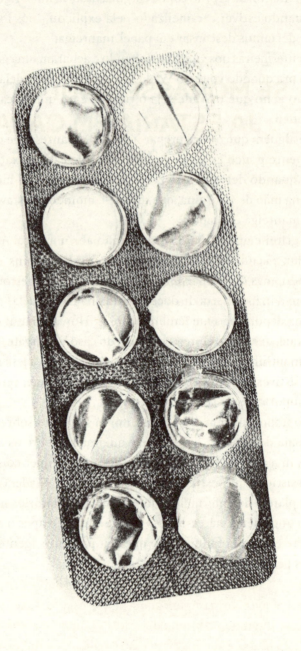

# SE MORASSE AQUI, VOCÊ JÁ ESTARIA EM CASA

Daisy era um evento sazonal. Todos os anos, chegava antes do Dia de Ação de Graças e ia embora depois do Natal. Em alguns anos, ela vinha também em maio, para passar o aniversário.

Sempre ficava com o quarto só para ela.

"Quem está disposta a dividir o quarto?", a enfermeira-chefe perguntava durante nossa reunião semanal certa manhã de novembro. Era um momento de tensão. Georgina e eu, que sempre havíamos dividido o quarto uma com a outra, ficávamos à vontade para apreciar o caos.

"Eu! Eu!", a garota que era conhecida como a namorada do marciano, sempre ansiosa em exibir seu pênis diminuto, levantou a mão. Ninguém jamais queria dividir o quarto com ela.

"Eu dividiria se alguém quisesse, mas claro que ninguém vai querer, então eu não forçaria ninguém a dividir", Cynthia se pronunciou. Após seis meses em estado de choque, ela se comunicava de uma forma peculiar.

Polly foi ao seu resgate: "Eu divido o quarto com você, Cynthia".

Mas isso não resolvia o problema, pois Polly já estava dividindo um quarto. Sua companheira, Janet, era uma garota anoréxica que costumava ser alimentada à força sempre que seu peso caía para menos de 34 quilos.

Lisa se inclinou na minha direção. "Vi quando ela subiu na balança ontem: 35 quilos e meio", disse em voz alta. "No fim de semana já vão ter enfiado a sonda nela."

"Trinta e cinco quilos e meio é o meu peso ideal!", respondeu Janet. Ela tinha dito a mesma coisa sobre pesar 38 e 37 quilos; de qualquer forma, ninguém queria dividir o quarto com ela também.

No fim das contas, duas meninas catatônicas foram colocadas juntas e o quarto de Daisy foi preparado para a sua chegada no dia 15 de novembro.

Ela tinha duas paixões: laxantes e frango. Todas as manhãs, ia direto para a enfermaria e batucava com seus dedos pálidos e manchados de nicotina sobre o balcão, pedindo impacientemente por laxantes.

"Quero meu Colace", sibilava. "Quero meu Ex-Lax."

Se alguém estivesse parado muito perto, ela daria uma cotovelada nas costelas da pessoa ou então pisaria no seu pé. Daisy detestava quando alguém ficava próximo demais.

Duas vezes por semana, o pai dela, que tinha uma cara achatada de batata, trazia um frango inteiro, assado pela mãe e envolvido em papel--alumínio. Daisy segurava o frango no colo e ficava acariciando-o através da embalagem, seus olhos percorrendo o cômodo, ansiosa para que o pai fosse embora e ela começasse a comer. Mas o pai sempre ficava o máximo de tempo possível, pois era apaixonado por ela.

Lisa explicava. "Ele não consegue acreditar que gerou ela. Quer foder a própria filha só para ter certeza de que ela é real."

"Mas ela fede", Polly objetou. Ela fedia, claro, a frango e a merda.

"No passado ela não fedia", disse Lisa.

Concordei com ela. Eu já tinha notado que Daisy era sexy. Ainda que ela fedesse, vivesse carrancuda, sibilasse e distribuísse cotoveladas, Daisy tinha um brilho que nós não tínhamos. Ela vestia shorts curtos e miniblusas, deixando à mostra os braços e pernas pálidos e esguios. E, de manhã, quando andava a passos lentos pelo corredor para buscar seus laxantes, seu bumbum balançava, despreocupadamente, em semicírculos.

A namorada do marciano também estava apaixonada por ela e a seguia pelo corredor, cantarolando: "Você quer ver meu pênis?", ao que Daisy rosnava: "Eu tô cagando pro seu pênis!".

Ninguém nunca havia estado no quarto de Daisy. Lisa, por sua vez, estava determinada a ser a primeira pessoa. Ela tinha um plano.

"Cara, eu tô muito constipada!", ela reclamou por três dias. "Uau!"

No quarto dia, conseguiu um pouco de Ex-Lax com a enfermeira-chefe.

"Olha, não funcionou...", ela informou, na manhã seguinte. "Você não teria nada mais forte?"

"Que tal óleo de rícino?", perguntou a enfermeira-chefe. Naquele dia ela estava sobrecarregada de trabalho.

"Este lugar é um ninho de serpentes fascistas!", xingou Lisa. "Eu quero uma dose dupla de Ex-Lax!"

Agora que tinha seis doses de Ex-Lax, Lisa finalmente estava pronta para barganhar. Ela parou na frente da porta do quarto de Daisy.

"Ei, Daisy!", chamou. "Ei, Daisy!" Ela chutou a porta.

"Vai à merda!", xingou Daisy.

"Ei, Daisy!"

A garota sibilou em resposta.

Lisa se encostou na porta e disse: "Tenho uma coisa que você quer".

"Porra nenhuma!", Daisy respondeu, abrindo a porta do quarto.

Georgina e eu assistíamos à cena do corredor. Quando Daisy abriu a porta, esticamos nossos pescoços ao máximo para enxergar dentro do quarto, mas estava escuro demais para conseguir ver qualquer coisa. Um cheiro doce e estranho flutuou levemente no ar após a porta se fechar atrás de Lisa.

Lisa não saiu de lá por um bom tempo. Por fim, desistimos de esperar e fomos almoçar no refeitório.

Lisa só nos deu seu relato depois do noticiário da noite. Parou na frente da tv e falou alto o suficiente para se sobressair à voz do âncora, Walter Cronkite.

"O quarto da Daisy está cheio de frango", ela disse. "Ela come o frango assado ali dentro e tem um método especial. Ela me mostrou. Ela remove só a carne porque gosta de manter as carcaças inteiras. Até as asas — ela arranca a carne delas. Então, quando termina, as coloca no chão, próximas da última carcaça que devorou. Ela tem umas nove agora. Segundo ela, quando tiver catorze, será a hora de ir embora."

"Ela te deu um pouco de frango?", perguntei.

"Eu não queria nenhum daqueles frangos nojentos!"

"Por que ela faz isso?", Georgina perguntou.

"Ah, cara", Lisa respondeu, "Eu não tenho como saber de tudo."

"E quanto aos laxantes?", Polly quis saber.

"Ela precisa deles. Precisa deles por causa de todo aquele frango."

"Aí tem coisa, essa história tá muito mal contada", disse Georgina.

"Olha só! Quem entrou fui eu!", Lisa exclamou. E a qualidade da conversa desandou rapidamente depois disso.

Ao longo da semana, descobrimos mais novidades sobre Daisy. O pai lhe havia comprado um apartamento de presente de Natal. "Um ninho de amor", segundo Lisa.

Daisy ficou tão satisfeita e cheia de si que começou a passar mais tempo fora do quarto, na esperança de que alguém fizesse perguntas sobre seu apartamento. Georgina lhe deu esse prazer.

"Qual o tamanho do apartamento, Daisy?"

"Um quarto, sala em formato de L e galinha planejada."

"Você quis dizer 'cozinha planejada'?"

"Foi exatamente o que eu disse, sua idiota!"

"Onde é o apartamento, Daisy?"

"Perto do Massachussetts General Hospital."

"No caminho do aeroporto?"

"Perto do Massachussetts General Hospital." Daisy não queria admitir que o apartamento ficava perto do aeroporto.

"E o que você mais gosta nele?"

Daisy fechou os olhos e fez uma pausa, saboreando sua parte favorita. "A placa."

"E o que diz essa tal placa?"

"'Se morasse aqui, você já estaria em casa'", ela entrelaçou as mãos, excitada. "Imagina, todos os dias várias pessoas vão passar, ler aquela placa e pensar: 'É, se eu morasse aqui, já estaria em casa', mas quem vai estar em casa sou *eu*. Filhos da puta."

Daisy saiu mais cedo naquele ano, foi passar o Natal no seu novo apartamento.

"Ela vai voltar", sentenciou Lisa. Mas, pelo menos dessa vez, ela estava errada.

Certa tarde de maio, fomos convocadas para uma reunião especial.

"Meninas", disse a enfermeira-chefe, "tenho péssimas notícias." Todas nos inclinamos para a frente. "Daisy cometeu suicídio ontem."

"Ela estava no apartamento?", Georgina perguntou.

"Ela atirou nela mesma?", Polly quis saber.

"Quem é Daisy? Eu conheço alguma Daisy?", disse a namorada do marciano.

"Ela deixou um bilhete?", perguntei.

"Os detalhes não são importantes", respondeu a enfermeira-chefe.

"Era o aniversário dela, não era?", perguntou Lisa. A enfermeira-chefe fez que sim com a cabeça.

Então todas dedicamos um minuto de silêncio em homenagem a Daisy.

# MEU SUICÍDIO

A meu ver, o suicídio é uma forma de assassinato premeditado. Não é algo que fazemos tão logo pensamos em fazê-lo. É preciso se acostumar com a ideia. Você precisa do meio, da oportunidade, do motivo. Um suicídio bem-sucedido exige cabeça fria e organização, duas coisas que são geralmente incompatíveis com o estado de espírito suicida.

É muito importante aprender a assumir uma postura de desapego. Um jeito de praticar isso é imaginar-se morto ou enfrentando o processo de morrer. Se estiver próximo a uma janela, por exemplo, você deve se imaginar caindo dela. Se encontrar uma faca por perto, imagine-a perfurando sua pele. Se vir um trem, visualize seu tronco sendo esmagado sob as rodas dele. Esses exercícios são imprescindíveis para conseguir o distanciamento necessário.

O motivo é fundamental. Sem um motivo forte, tudo vai por água abaixo.

Minhas razões eram duvidosas — um trabalho de história estadunidense que eu não queria escrever e uma pergunta que tinha feito a mim mesma, meses antes: "Por que não me matar?". Se estivesse morta, eu não precisaria fazer o trabalho. Muito menos precisaria pensar sobre essa questão.

O dilema estava me desgastando. Uma vez que você levanta essa questão, ela simplesmente não vai embora. Acho que muitas das pessoas que acabam se matando o fazem porque não aguentam mais se perguntar se devem ou não tirar a própria vida.

Qualquer coisa em que eu pensasse ou fizesse me levava imediatamente a esse debate. Fiz uma observação idiota em público — "Por que não me matar?". Perdi o ônibus — "Seria melhor dar um fim nisso tudo". Até as coisas boas entravam no meio da discussão. Gostei desse filme — "Talvez eu não devesse me matar".

Na verdade, só havia uma parte de mim mesma que eu desejava matar: a parte que desejava o suicídio, que me levara àquele dilema e transformara cada janela, cada utensílio de cozinha, cada estação de metrô no ensaio de uma tragédia.

Entretanto, só descobri isso tudo depois de ter engolido aquelas cinquenta aspirinas.

Na época, eu tinha um namorado chamado Johnny que me escrevia poemas de amor — ótimos poemas, aliás. Eu liguei para ele, disse que me mataria, deixei o telefone fora do gancho, tomei minhas cinquenta aspirinas e então descobri que tinha cometido um erro. Decidi sair para comprar leite, uma tarefa que minha mãe tinha pedido que eu fizesse antes de tomar as aspirinas.

Johnny chamou a polícia. Eles foram até em casa e contaram para a minha mãe o que eu havia feito. Por isso, ela apareceu no supermercado no exato instante em que eu estava prestes a desmaiar em cima do balcão do açougue.

No trajeto dos cinco quarteirões que percorri até o supermercado, fui invadida por sentimentos de humilhação e arrependimento. Eu tinha cometido um erro e agora morreria por causa disso. Talvez eu até merecesse morrer por essa escolha. Comecei a prantear a minha morte. Por um momento, enchi-me de compaixão por mim mesma e por toda a infelicidade que me preenchia. Então as coisas começaram a ficar embaçadas e a girar. Assim que pisei na loja, o mundo havia sido reduzido a um túnel estreito e latejante. Tinha perdido minha visão periférica, meus ouvidos zumbiam, meu pulso palpitava. As costelas e pedaços de filé ensanguentados, espremidos em embalagens de plástico, foram as últimas imagens que vi com clareza.

A lavagem estomacal me trouxe de volta. Inseriram lentamente um longo tubo pelo meu nariz e garganta abaixo. A sensação era a de ser asfixiada até a morte. Depois, começaram a bombear. Era como tirar sangue, mas em volume gigantesco. A sucção, a percepção de tecidos se fechando e se encostando de maneira anormal, a náusea ao sentir tudo que estava dentro de mim sendo colocado para fora... Tudo isso foi extremamente desencorajador. Decidi que, da próxima vez, eu definitivamente não tomaria aspirinas.

Contudo, quando terminaram os procedimentos, eu me perguntei se haveria uma segunda vez. Eu me sentia bem. Eu não tinha morrido, mas uma parte de mim tinha desaparecido, de certa forma. Talvez, com meu quase suicídio, eu tivesse resolvido meu objetivo peculiar. Eu me sentia mais leve, mais despreocupada do que jamais estive em anos.

Essa despreocupação durou alguns meses. Fiz uma parte das minhas lições de casa. Parei de sair com Johnny e comecei a me encontrar com o meu professor de inglês, que escrevia poemas de amor muito melhores, embora não direcionados a mim. Viajamos juntos para Nova York. Ele me levou ao Museu Frick para ver os quadros de Johannes Vermeer.

A única coisa estranha com relação a isso tudo foi que, de repente, me tornei vegetariana.

Por ter desmaiado no balcão de carnes do açougue, acabei associando carne com suicídio. Mas eu sabia que havia mais coisas por trás disso.

Aquela carne estava maltratada, sangrenta, aprisionada em um invólucro apertado e sufocante. E, embora só tivessem se passado seis meses desde que eu tivesse pensado nisso pela última vez, era exatamente assim que eu me sentia.

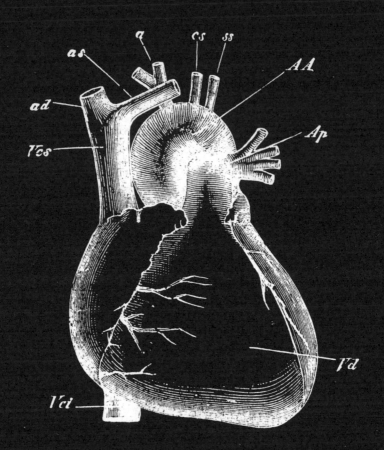

# TOPOGRAFIA BÁSICA

Talvez a razão pela qual eu tenha vindo parar aqui não esteja tão clara. Deve ter sido mais do que aquela espinha. Contei a vocês que nunca tinha visto aquele médico antes? Mesmo assim, ele decidiu me internar depois de apenas quinze minutos de conversa. Ou talvez vinte. O que havia de tão insano comigo que levou menos de meia hora para um médico me despachar para o hospício? Ele me enganou, sabe. Ele disse que seria apenas por algumas semanas. Mas não, durou quase dois anos. Eu tinha 18.

Eu me internei voluntariamente. Precisava ser assim, eu já era maior de idade. Era isso ou um mandado judicial, se bem que não teriam conseguido um para o meu caso, mas, como eu não sabia de nada disso, eu mesma me internei.

Eu não era um perigo para a sociedade. Será que eu era um perigo para mim mesma? As cinquenta aspirinas, eu sei — mas eu já as expliquei. Elas foram metafóricas. Eu queria me livrar de um aspecto específico da minha personalidade. Quando as tomei, eu queria realizar uma espécie de autoaborto. O que funcionou por um tempo. Depois parou; mas eu não tinha ânimo para tentar de novo.

Tente enxergar do ponto de vista do médico. Era 1967. Até em vidas como as dele, vidas profissionais, vividas em bairros arborizados, havia uma estranha ressaca, um empurrão vindo de outro mundo — proveniente do universo à deriva dos jovens drogados e sem sobrenome — que tirava as pessoas do equilíbrio. Na linguagem dele, isso poderia ser considerado "ameaçador". "O que é que essa garotada anda fazendo?"

E então uma delas entra no seu consultório, vestindo uma saia do tamanho de um guardanapo, com o queixo todo perebento e se comunicando por monossílabos. "Está chapada", ele decide. Olha novamente para o nome no bloco de notas à sua frente. Será que não conheceu os pais dela em uma festa dois anos atrás? Do corpo docente de Harvard... Ou do MIT? As botas dela estão gastas, mas o casaco é de ótima qualidade. O mundo lá fora é ruim, como Lisa diria. Ele não pode, em sã consciência, mandá-la de volta para lá, para que ela seja mais um destroço na maré do mais baixo nível da sociedade, sendo atirada, vez ou outra, de volta para o seu consultório, com os restos de outros dejetos como ela. Uma espécie de medicina preventiva.

Será que estou sendo gentil demais com ele? Alguns anos atrás li que ele havia sido acusado de abuso sexual por uma antiga paciente. Mas isso tem acontecido muito ultimamente, acusar médicos está na moda. Talvez naquele dia de manhã fosse simplesmente muito cedo, tanto para ele quanto para mim, e ele nem tivesse conseguido pensar em outra possibilidade. Ou então, muito provavelmente, ele só estivesse querendo tirar o dele da reta.

Meu ponto de vista é mais difícil de explicar. Eu fui. Primeiro, ao consultório; então, ao táxi; depois, subi os degraus de pedra que levavam ao edifício administrativo do Hospital McLean e, em seguida, se me lembro corretamente, sentei-me em uma cadeira por quinze minutos, esperando para poder assinar o meu decreto de prisão.

Se você decide fazer algo do tipo, vários pré-requisitos são necessários.

Eu estava, por exemplo, tendo um problema com padrões e gravuras. Tapetes orientais, azulejos, cortinas estampadas, coisas assim. Ir aos supermercados era especialmente ruim, por causa dos longos e hipnóticos corredores parecidos com tabuleiros de xadrez. Quando eu olhava para essas coisas, via outras coisas dentro delas. Pode parecer que eu estava alucinando, mas não estava. Eu sabia que estava vendo uma cortina ou um piso. Mas todos os padrões pareciam conter representações em potencial que, formando um leque vertiginoso, podiam se tornar vivas em um breve piscar de olhos. Podiam se transformar em... uma floresta, uma revoada de pássaros, na foto da minha turma de segundo ano. Bom, eu sabia que não era aquilo — era um tapete, ou, tanto faz o que fosse, mas esses vislumbres de outras coisas acabaram se tornando muito exaustivos. A realidade estava ficando muito densa.

Minha percepção das pessoas também estava se modificando. Quando eu olhava para o rosto de alguém, não conseguia manter uma conexão com o conceito do que é um rosto. Quando se analisa um rosto, percebem-se várias peculiaridades: é mole, é pontudo, tem vários dutos de ar e lugares molhados. Isso era o contrário do meu problema com padrões. Em vez de enxergar significados demais, eu não enxergava nenhum.

Mas eu não estava ficando louca, caindo em uma toca de coelho até o País das Maravilhas. Era meu infortúnio — ou minha salvação — estar sempre com a perfeita consciência de todas as minhas percepções equivocadas da realidade. Eu nunca "acreditei" em nada do que vi ou pensei ter visto. Não apenas isso, mas eu também compreendia corretamente cada nova experiência anormal.

"Agora", eu dizia para mim mesma, "você está se sentindo alienada e diferente das outras pessoas, por isso, está projetando seu desconforto nelas. Quando você olha para um rosto, você vê uma massa disforme de borracha porque teme que essa seja a sua própria imagem."

Foi essa clareza que permitiu que eu me comportasse normalmente, o que me proporcionou algumas perguntas interessantes. Será que todo mundo estava vendo aquilo, mas se comportava como se não estivesse? Será que a insanidade era apenas deixar a atuação de lado? Se algumas pessoas não enxergavam o mundo daquela forma, qual era o problema delas? Será que eram cegas ou algo parecido? Todas essas questões me inquietavam.

Alguma coisa tinha sido descoberta. Um véu, uma capa, uma casca, o que quer que servisse para nos proteger dessas visões. Eu só não conseguia decidir se essa cobertura era apenas sobre mim ou se estava ligada a tudo que há no mundo. Não importava, na verdade; independentemente do que fosse, já não estava mais lá.

E esse era o principal pré-requisito — que qualquer coisa pudesse ser uma outra coisa. Uma vez que aceitei a ideia, ela veio conectada à possibilidade de que eu estivesse doida, ou que outras pessoas achassem isso de mim. Como eu poderia afirmar a minha sanidade, se eu não conseguia negar que uma cortina também pudesse ser uma cordilheira?

Contudo, preciso admitir que eu sabia que eu não era louca.

Foi um pré-requisito diferente que pesou na balança: meu estado de contrariedade. Minha ambição era negar. O mundo, fosse ele denso ou oco, só conseguia provocar meu estado de negação. Quando eu deveria estar acordada, escolhia dormir; quando deveria falar, permanecia em silêncio; quando uma oportunidade de prazer e satisfação surgia, eu a evitava. Minha fome, minha sede, minha solidão, meu tédio, meu medo eram minhas armas, todas apontadas para o mundo, o meu maior inimigo. É claro que o mundo não se importava nem um pouco com os meus sentimentos, e eles me atormentavam, mas eu alcançava uma satisfação mórbida através dos meus sofrimentos. Eles provavam a minha existência. Toda a minha integridade estava contida na capacidade de dizer NÃO.

Então a oportunidade de ser encarcerada era simplesmente boa demais para resistir. Era um NÃO gigantesco — o maior NÃO desde a minha tentativa de suicídio.

Um raciocínio perverso. Por trás de toda essa perversidade, eu sabia que não estava louca, por isso eles não conseguiriam me manter naquele lugar, presa em um hospício cheio de lunáticos.

**HOSPITAL MCLEAN**  Página.....  F-90

Número: 22.201   Nome: KAYSEN, Susanna

1967
27 de
abril

## RESUMO DA INTERNAÇÃO VOLUNTÁRIA

A paciente se retirou para o quarto,
comeu muito pouco, não trabalhou, não
estudou e contemplou a ideia de se
jogar no rio. Ela assinou este termo
de internação voluntária com pleno
conhecimento da natureza de seu ato.

Dr. Diretor

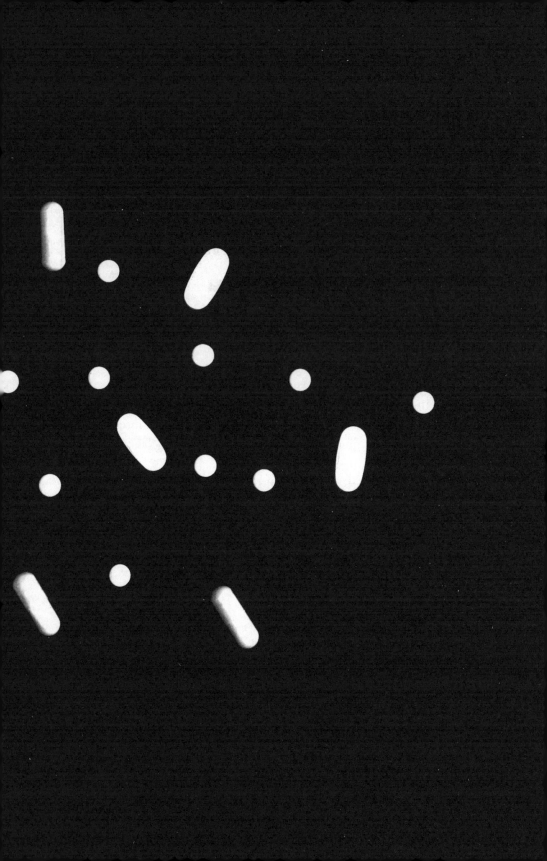

# TOPOGRAFIA APLICADA

Duas portas trancadas, com um espaço de um metro e meio entre elas, onde você deveria permanecer enquanto a enfermeira voltava a trancar a primeira porta e destrancava a segunda.

Assim que entrava, podia ver três cabines telefônicas. Então alguns quartos individuais, a sala de estar e a cozinha com copa. Esse arranjo garantia que os visitantes tivessem uma boa primeira impressão.

Contudo, assim que você virava a curva depois da sala de estar, as coisas mudavam de figura.

Um longo, longuíssimo corredor — longo demais. Sete ou oito quartos duplos de um lado, a enfermaria centralizada do outro lado, flanqueada pela sala de reuniões e pela sala de hidroterapia. Malucas à esquerda, funcionários à direita. Os banheiros e chuveiros também ficavam à direita, como se a equipe se achasse no direito de supervisionar todas as nossas ações mais íntimas e privadas.

Uma lousa com nossos vinte nomes escritos em giz verde e, ao lado de cada um deles, em giz branco, espaços nos quais anotávamos nosso destino, horário de partida e horário de chegada sempre que deixávamos a nossa ala. O quadro ficava pendurado em frente à enfermaria. Quando alguém não podia sair da ala, a enfermeira-chefe escrevia a palavra RESTRINGIDA, em giz verde, ao lado do nome da paciente. Recebíamos com antecedência a notícia de que alguém havia sido recém-admitida quando um novo nome surgia na lista — às vezes até um dia antes que a dona do nome aparecesse no pavilhão. As pacientes que recebiam alta ou morriam continuavam na lista por um tempo, quase como um memorial silencioso.

No fim do longo e horrível corredor, a terrível sala de televisão. Gostávamos dela. Quer dizer, pelo menos preferíamos ficar ali que na sala de estar. Era bagunçada, barulhenta, esfumaçada e, o mais importante de tudo, ficava à esquerda, do nosso lado, o das desequilibradas. No nosso entendimento, a sala de estar pertencia aos funcionários. Sempre queríamos mudar o local da nossa reunião semanal e transferi-lo de lá para a sala de TV. Nunca aconteceu.

Depois da sala de televisão, outra curva no corredor. Mais dois quartos individuais, um quarto duplo, um banheiro e a solitária.

A solitária era do tamanho de um banheiro. Sua única janela era reforçada por arame de galinheiro, ficava localizada no alto da porta e permitia que as pessoas olhassem para dentro e vissem o que a gente estava aprontando. De qualquer forma, não tinha muito o que se fazer. A única coisa que havia ali era um colchão nu sobre o piso de linóleo verde. As paredes eram lascadas, como se alguém as tivesse atacado com as unhas ou com os dentes. Supostamente, a solitária deveria ser à prova de som. Não era.

Se quisesse, você podia se enfiar na solitária, fechar a porta e gritar por um tempo. Quando terminasse, podia abrir a porta e sair. Gritar na sala de TV ou nos corredores era considerado um mau comportamento e fazer isso nunca era uma boa ideia. Gritar na solitária era mais seguro.

Você também podia "solicitar" que te trancassem na solitária. Poucas pessoas faziam esse pedido. Uma "solicitação" também era necessária para sair de lá. Uma enfermeira te olharia através do arame de galinheiro e decidiria se você estava pronta para sair ou não. Como quem confere um bolo através da porta de vidro do forno.

O código de etiqueta relacionado à solitária, caso não estivesse trancafiada, era de que qualquer pessoa poderia entrar lá com você. Às vezes, podia acontecer de uma enfermeira aparecer para descobrir por que você estava gritando enquanto, simultaneamente, outra doida entraria e começaria a gritar em uníssono. Por isso a "solicitação" era tão importante. O preço da privacidade era a liberdade.

Entretanto, o verdadeiro propósito da solitária era deixar as pessoas que piravam isoladas. Como um grupo, nós mantínhamos um determinado nível de agitação e sofrimento. Qualquer pessoa que ultrapassasse esse nível por mais de algumas horas era colocada na solitária. Caso contrário, acreditavam os funcionários, todas nós aumentaríamos o nosso próprio grau de insanidade e ficaríamos incontroláveis. Não havia critérios objetivos para colocar alguém na solitária. Era algo muito relativo, como a curva de notas no ensino médio.

Apesar de tudo, a solitária funcionava. Depois de um dia ou uma noite ali, sem nada para fazer, a maioria das pessoas se acalmava. Caso isso não acontecesse, iriam para a ala de segurança máxima.

Nossas portas com travas duplas; nossas janelas com telas de aço; nossa cozinha abastecida com facas de plástico e mantida trancada, a menos que uma enfermeira estivesse conosco; nossas portas de banheiro sem tranca — tudo isso era segurança média. Segurança máxima era um mundo totalmente diferente.

# PRELÚDIO DE UM SORVETE

O hospital ficava em uma colina fora da cidade, exatamente como os hospícios são retratados no cinema. O nosso, por acaso, era muito famoso, pois tinha abrigado diversos poetas e músicos. Será que era especializado em poetas e músicos ou os poetas e músicos é que eram especializados em se tornarem insanos?

Nosso paciente mais famoso, por exemplo, foi Ray Charles. Todos nutríamos a esperança de que um dia ele retornasse e nos oferecesse serenatas da janela do pavilhão dos drogados em reabilitação. Mas ele nunca voltou.

Apesar disso, tínhamos a família Taylor. Kate e Livingston estavam lá, mas James tinha sido transferido para outro hospital antes da minha chegada. Na ausência de Ray Charles, o blues deles, vindo da Carolina do Norte, era mais que suficiente para nos deprimir. Quando se está triste, é preciso experimentar o sofrimento estruturado em som.

Robert Lowell também não apareceu enquanto estive lá. Sylvia Plath tinha entrado e saído.

O que é que há sobre métrica, cadência e ritmo que enlouquece aqueles que os produzem?

Os jardins eram amplos e ostentavam um belíssimo paisagismo. Além disso, eram imaculados, já que nunca permitiam que andássemos por ali. De vez em quando, como recompensa, éramos conduzidas através do terreno para comprar sorvete.

O grupo era composto por uma estrutura atômica: um núcleo de loucas, cercado por enfermeiras-elétrons nervosas, ativadas para garantir nossa proteção. Ou, ouso dizer, proteger os habitantes de Belmont de nós.

Os moradores dali eram bem abastados. A maioria deles trabalhava como engenheiro ou especialista em tecnologia, ao longo da Techonology Highway,* Rota 128. Outro tipo importante de residente era o que fazia parte da John Birch Society.** A John Birch Society ficava ao leste de Belmont, enquanto o nosso hospital ficava ao oeste. Víamos as duas instituições como variações uma da outra — claro que o pessoal da John Birch não enxergava as coisas assim. Mas éramos nós que mantínhamos Belmont sitiada. Os engenheiros sabiam disso e tomavam cuidado para não encarar quando descíamos rumo à sorveteria.

Dizer que andávamos com um grupo de enfermeiras não é uma boa maneira de explicar a situação. Um sistema complexo de "privilégios" determinava quantas enfermeiras deveriam acompanhar cada paciente e, principalmente, se aquele paciente poderia deixar o terreno do hospital.

Os privilégios começavam sem privilégio algum: a paciente ficaria restringida à ala dela. Esse costumava ser o caso de Lisa. Às vezes, ela era promovida ao próximo nível, duas-para-uma, o que significava que ela poderia sair do pavilhão desde que estivesse acompanhada de duas enfermeiras, embora apenas para frequentar o refeitório ou ir à terapia ocupacional. Ainda que tivéssemos uma taxa alta de enfermeiras para cada paciente, esse esquema costumava ser usado com aquelas restringidas à própria ala. Era raro haver duas enfermeiras para segurarem Lisa pelos cotovelos e a arrastarem até o refeitório para jantar. Também havia o nível uma-para-uma — o que significava que uma enfermeira e uma paciente andariam por aí ligadas como gêmeas siamesas. Algumas pacientes viviam nessa dinâmica até mesmo dentro

---

\* A "Technology Highway" é uma rodovia em Massachusetts conhecida por ser um núcleo de tecnologia, já que centenas de indústrias tecnológicas estão situadas ao longo dela.

\*\* Grupo político anticomunista e de direita, fundado em 1958 por Robert Welch.

do hospital — era como ter uma pajem ou uma manobrista. Ou uma consciência pesada. Dependia da enfermeira. Uma enfermeira ruim poderia ser um problema; o nível uma-para-uma era um compromisso de longo prazo, então ela podia correr o risco de começar a compreender sua paciente.

As gradações eram bizantinas. Uma-para-duas (uma enfermeira, duas pacientes) ou uma-para-o-grupo (uma enfermeira para três ou quatro pacientes). Se você se comportasse bem, conseguia uma coisa chamada "privilégios de lugar de destino": o que significava telefonar para a enfermeira-chefe assim que chegasse no lugar que você escolheu ir para avisá-la de que estava lá. Também era preciso ligar antes de voltar, então ela calcularia tempo e distância, caso você fugisse em vez de retornar. Além disso, havia a "escolta mútua", geralmente composta por duas pacientes relativamente sãs que iam juntas para os lugares; e, acima de tudo, a "liberdade total", que significava que você podia andar sozinha por todo o prédio.

Uma vez que todos esses privilégios eram alcançados dentro do hospital, o circuito começava de novo, mas, desta vez, no mundo exterior. Embora a pessoa estivesse na "escolta mútua" ou "liberdade total" do lado de dentro, do lado de fora ela teria obrigatoriamente que sair em grupo.

Então, quando íamos para Bailey's na praça Waverley, com nosso séquito de enfermeiras, o arranjo de átomos da nossa molécula era mais complexo do que poderia parecer às esposas dos engenheiros que bebiam seus cafés em golinhos no balcão enquanto fingiam não olhar para nós.

Lisa não estaria conosco. Ela nunca conseguiu passar do uma-para-uma depois da terceira fuga. Polly também estava nesse nível, mas era para que ela se sentisse segura, não oprimida, então ela sempre participava. Georgina e eu estávamos no grupo, mas como ninguém mais estava, o esquema era uma-para-duas. Cynthia e a namorada do marciano também estavam em uma-para-duas — o que fazia com que Georgina e eu parecêssemos tão loucas quanto elas. Não éramos; por isso havia certo ressentimento de nossa parte. Daisy estava no topo da escala: tinha liberdade para explorar tanto a cidade quanto o hospital. Ninguém conseguia entender o motivo.

Seis pacientes, três enfermeiras.

A caminhada levava de dez a quinze minutos, colina abaixo, através das roseiras e das imponentes árvores do nosso belo hospital. Quanto mais nos afastávamos, mais sobressaltadas ficavam as enfermeiras. Assim que chegávamos à rua, elas ficavam silenciosas e fechavam o cerco sobre nós, assumindo um olhar falsamente displicente, uma expressão que dizia: "Eu não sou uma enfermeira escoltando seis lunáticas até a sorveteria".

Mas elas eram, e porque nós éramos as seis lunáticas que elas decidiram escoltar, nos comportávamos como tal.

Nenhuma de nós fazia qualquer coisa anormal. Apenas continuávamos agindo como normalmente agíamos no hospital — resmungando, rosnando, chorando. Daisy cutucava as pessoas. Georgina reclamava sobre não ser tão louca quanto as outras duas.

"Parem de fazer escândalo", uma enfermeira dizia.

Elas também eram chegadas a apertadas e cutucadas, à maneira de Daisy, para tentar nos fazer ficar quietas: davam beliscões de enfermeiras. Nós não as culpávamos por tentarem, e elas não nos culpavam por sermos nós mesmas. Só tínhamos isso — a verdade —, e as enfermeiras sabiam.

# SORVETE

Era um dia de primavera, do tipo que traz esperança às pessoas: brisa suave e aromas delicados de terra morna. O clima perfeito para um suicídio. Daisy tinha se matado na semana anterior. Justamente por isso, devem ter pensado que precisávamos de uma distração. Sem Daisy, a proporção de enfermeiras para pacientes estava meio alta: três-para-cinco.

Descíamos a colina, além da magnólia cujas flores já murchavam, o rosa se tornando marrom e apodrecido nas bordas; passando pelos narcisos secos como papel; através dos loureiros pegajosos, que tanto podiam te coroar como te envenenar. As enfermeiras estavam menos nervosas naquele dia, talvez porque o ar da primavera as deixasse menos cuidadosas, ou talvez porque aquela quantidade de enfermeiras por paciente lhes fosse mais confortável.

O chão da sorveteria me incomodava. O piso era parecido com um tabuleiro de xadrez, preto e branco, muito maior do que o do supermercado. Eu ficava bem se olhasse apenas para os quadrados brancos, mas era difícil ignorar os quadrados pretos que os cercavam. O contraste me dava aflição. Eu sempre sentia coceira quando estava na sorveteria. O chão queria dizer "sim", "não", "isso", "aquilo", "para cima", "para baixo", "dia", "noite" — todas as indecisões e contradições que já eram ruins o suficiente na vida, imagine-as soletradas para você nos padrões do piso.

Um novo rapaz estava servindo os sorvetes de casquinha. Aproximamo-nos dele em multidão.

"Queremos oito sorvetes de casquinha", disse uma das enfermeiras.

"Certo", ele respondeu. Tinha um rosto espinhento e amigável.

Levou um longo tempo para decidirmos que sabores queríamos. Sempre levava.

"Palitinho de menta", disse a namorada do marciano.

"Basta dizer 'menta'", falou Georgina.

"Caralhinho de menta."

"Francamente...", Georgina já estava começando a reclamar.

"Grelinho de menta."

A namorada do marciano ganhou um beliscão de enfermeira por aquilo.

Ninguém mais queria sorvete de menta — chocolate era o grande favorito. Naquela primavera, eles tinham um sabor novo, pêssego com baunilha. Foi a minha escolha.

"Vocês querem duas bolas no sorvete?", o rapaz perguntou.

Nós olhamos umas para as outras — será que a gente devia responder? As enfermeiras prenderam a respiração. Lá fora, os pássaros cantavam.

"Sinceramente? Acho que não precisamos", respondeu Georgina.

# RONDAS

Rondas de cinco em cinco minutos. Rondas de quinze em quinze minutos. Rondas de meia em meia hora. Algumas enfermeiras diziam "ronda" quando abriam a porta. *Clique*, girando a maçaneta, *rangido*, abrindo a porta, "ronda", fechando a porta, *clique*, girando a maçaneta. Rondas de cinco em cinco minutos. Não dá tempo nem de tomar uma xícara de café, ler três páginas de um livro, tomar um banho.

Anos depois, quando surgiram os relógios digitais, lembrei das rondas de cinco em cinco minutos. Eles assassinavam o tempo da mesma forma — lentamente — mutilando pedaços e os descartando com um pequeno clique, para que você soubesse que o tempo tinha passado. *Clique, rangido,* "ronda", *rangido, clique*: outros cinco minutos de vida escoando ralo abaixo. Outros cinco minutos de vida gastos neste lugar.

Por fim, minhas rondas passaram a ser de meia em meia hora, mas as de Georgina se mantinham de quinze em quinze minutos, então, uma vez que dividíamos o quarto, esse acréscimo de tempo não fazia a menor diferença. *Clique, rangido,* "ronda", *rangido, clique*.

Por essa razão preferíamos ficar sentadas em frente à enfermaria. A pessoa responsável pela ronda podia simplesmente colocar a cabeça para fora da porta e fazer suas anotações sem precisar nos incomodar.

Às vezes, alguém tinha a audácia de perguntar sobre o paradeiro de outra paciente.

*Clique, rangido,* "ronda" — então o ritmo sofria uma quebra momentânea —, "Você viu a Polly?"

"Não vou fazer seu trabalho por você", Georgina rosnava.

*Rangido, clique.*

Antes que percebêssemos, ela estaria de volta. *Clique, rangido*, "ronda", *rangido, clique.*

As rondas nunca paravam, funcionavam até mesmo durante a noite — eram nossas canções de ninar, nossos metrônomos, nossa pulsação. Eram nossas vidas mesuradas em doses pouco maiores do que medidas de colherinhas de café. Colheres de sopa, talvez? Colheres de latão amassadas transbordando um conteúdo que deveria ser doce, mas na verdade era amargo, fora do prazo de validade, expirado sem sequer ter sido propriamente saboreado — como as nossas vidas.

# OBJETOS CORTANTES

Cortador de unha. Lixa de unha. Lâmina de barbear. Canivete. (Aquele com o qual seu pai te presenteou aos 11 anos.) Broche. (Aquele broche que você ganhou quando se formou no ensino médio, com duas pequenas pérolas cor-de-rosa penduradas.) Os brincos de ouro de Georgina. ("Você não está falando sério! Olha a parte de trás" — e a enfermeira mostra os pinos pontudos — "São afiados, não está vendo?"). Aquele cinto. ("Meu cinto? Como assim?" A culpa é da fivela. Se quisesse, você poderia arrancar um olho com a parte pontuda.) Facas. Bom, as facas são um caso à parte. Mas garfos e colheres? Facas. Garfos e colheres também.

Comíamos com talheres de plástico. Nosso hospital era um piquenique perpétuo.

Cortar um bife duro e velho com uma faca de plástico, depois acomodá-lo em um garfo de plástico (os dentes se quebravam quando tentávamos espetar a carne, então era preciso usar o garfo como uma colher): tudo isso dava um sabor muito diferente à comida.

Certa vez o carregamento de utensílios plásticos de cozinha se atrasou, por isso tivemos que usar talheres de papelão. Você já tentou comer com um garfo de papelão? Imagine o gosto do papelão úmido e se desfazendo, dentro e fora da boca, esfregando na sua língua.

E quanto a raspar as pernas?

Precisávamos ir até a estação das enfermeiras.

"Quero raspar minhas pernas."

"Só um minuto."

"Vou tomar banho agora e quero aproveitar para raspar as pernas."

"Deixe-me checar seus pedidos."

"Eu já entrei com o pedido de depilação. Só preciso de supervisão."

"Deixe-me ver", barulho de papéis farfalhando e sendo remexidos. "Certo. Só um minutinho."

"Estou indo agora!"

Já na banheira, do tamanho de uma piscina, de uma piscina olímpica, funda e comprida, com pés em garras. *Clique*, *rangido*, "ronda"...

"Ei! Cadê a minha lâmina de barbear?"

"Sou apenas a encarregada da ronda."

"Era para eu estar depilando as pernas agora."

*Rangido, clique.*

Mais água quente (preciso dizer, essas banheiras de hidroterapia eram muito confortáveis).

*Clique, rangido*, minha supervisora de depilação.

"Você trouxe meu aparelho de barbear?"

Ela o entrega para mim e se senta em uma cadeira próxima à banheira. Tenho 18 anos. Ela tem 22 e me observa enquanto raspo minhas pernas.

Tínhamos muitas pernas peludas na nossa ala. Éramos jovens feministas.

# OUTRA LISA

Um dia, uma outra Lisa foi internada. Nós a chamávamos pelo nome inteiro, Lisa Cody, para poder diferenciá-la da Lisa original, que, como uma rainha, continuou sendo simplesmente Lisa.

As duas Lisas se tornaram amigas. Uma de suas atividades favoritas era conversar pelo telefone.

As três cabines telefônicas próximas às portas de tranca dupla eram nossa única possibilidade de privacidade. Podíamos entrar em uma delas e fechar a porta. Até a mais louca de nós podia se sentar na cabine telefônica e ter uma conversa privada — consigo mesma. As enfermeiras tinham uma lista dos números que eram permitidos para cada uma de nós. Quando tirávamos o telefone do gancho, uma delas atendia.

"Alô", diríamos. "Aqui é a Georgina", ou a Cynthia, ou a Polly. "Quero ligar para 555-4270."

"Esse número não está na sua lista", a enfermeira diria.

Então a linha seria cortada.

Porém, havia a silenciosa cabine empoeirada na qual repousava o telefone preto e antiquado de formato angular.

Ali, as Lisas conversavam ao telefone. Cada uma entrava em uma cabine, fechava a porta e gritava nos seus respectivos aparelhos. Quando alguma enfermeira atendia, Lisa berrava: "Sai da linha!". E as duas Lisas continuavam conversando. Às vezes elas trocavam xingamentos; às vezes gritavam sobre os planos do dia.

"Quer ir jantar no refeitório?", Lisa Cody gritava.

Mas Lisa não podia sair da ala, então gritava de volta algo do tipo: "Por que é que você quer comer aquela gororoba com aquelas psicóticas?".

Então Lisa Cody berraria de volta: "E o que você acha que você é?".

"Uma sociopata!", Lisa retrucava, orgulhosamente.

Lisa Cody ainda não havia sido diagnosticada.

Cynthia era depressiva; Polly e Georgina eram esquizofrênicas; eu tinha um transtorno de personalidade. Meu diagnóstico não me pareceu sério de primeira, mas, depois de um tempo, passou a soar mais ameaçador que o das outras pessoas. Eu imaginava minha personalidade como um objeto, um prato ou uma camiseta, que tivesse sido fabricado da maneira errada e, por essa razão, no fim das contas não servia para coisa alguma.

Lisa Cody recebeu seu diagnóstico depois de um mês de internação. Também foi diagnosticada como sociopata. Isso a alegrou, pois queria ser igual a Lisa de todas as formas. Lisa, por sua vez, não ficou tão feliz, uma vez que havia perdido sua exclusividade.

"Os sociopatas são muito raros", havia dito a mim, certa vez, "e, em sua maioria, costumam ser homens."

Depois que Lisa Cody foi diagnosticada, ambas as Lisas passaram a causar mais transtorno.

"Elas estão tentando chamar a atenção", as enfermeiras disseram.

Nós sabíamos o motivo. A verdadeira Lisa queria provar que Lisa Cody não era uma sociopata.

Durante uma semana, Lisa guardou debaixo da língua os remédios de dormir que as enfermeiras lhe davam, depois tomou todos de uma vez e ficou grogue por um dia e uma noite. Lisa Cody, por sua vez, só conseguiu esconder quatro comprimidos sob a língua, e quando finalmente os tomou, acabou vomitando. Às 6h30 da manhã, quando as enfermeiras estavam trocando de turno, Lisa apagou um cigarro no próprio braço. À tarde, Lisa Cody queimou um minúsculo vergão no pulso e depois passou os próximos vinte minutos jogando água fria no machucado.

Depois, as duas decidiram competir sobre suas histórias de vida. Lisa conseguiu pressionar Lisa Cody o suficiente até descobrir que ela havia crescido em Greenwich, Connecticut.

"Greenwich, Connecticut?!", ela desdenhou. Sociopata algum surgiria de um lugar daqueles. "Você teve festinha de 15 anos? Foi debutante?"

Anfetamina, alucinógenos, heroína, cocaína — Lisa tinha experimentado de tudo. Lisa Cody disse que também era uma viciada. Ela enrolou as mangas da camiseta para mostrar as marcas: pequenos arranhões na pele próxima às veias do braço, como se, anos antes, tivesse travado luta contra os espinhos de uma roseira.

"Uma drogadinha classe A", disse Lisa. "Você estava brincando de ser rebelde, isso sim."

"Que é isso, cara? Droga é droga", Lisa Cody protestou.

Então Lisa puxou as mangas até o cotovelo e enfiou o braço debaixo do nariz de Lisa Cody. Seu braço estava coberto de caroços escuros, enrugados, autênticos.

"Isso é que são marcas", disse Lisa. "Isso aqui é que são cicatrizes, cara. As suas não são nada."

Lisa Cody foi derrotada, mas não teve o bom senso de desistir. Ela ainda se sentava ao lado de Lisa no café da manhã e durante a reunião semanal. Ela ainda esperava na cabine telefônica por uma ligação que não viria.

"Preciso me livrar dela", disse Lisa um dia.

"Você é má", Polly disse.

"Escrota do caralho", Lisa retrucou.

"De quem você tá falando?", perguntou Cynthia, sempre superprotetora quando se tratava de Polly.

Mas Lisa não se importou de esclarecer a dúvida.

Uma noite, quando as enfermeiras saíram corredores afora para ligar as luzes que iluminavam nossa ala com um brilho intenso e irritante, semelhante ao de um fliperama, descobriram que todas as lâmpadas tinham sumido. Não tinham sido quebradas — tinham simplesmente desaparecido.

Soubemos imediatamente quem era a responsável. A questão era: "Onde ela as havia escondido?". Era difícil descobrir naquela escuridão toda. Até as lâmpadas dos nossos quartos tinham sido levadas.

"Sinceramente, Lisa tem um temperamento artístico", disse Georgina.

"Só procurem", a enfermeira-chefe ordenou. "Procurem, todas vocês."

Lisa ficou sentada na sala de televisão o tempo todo.

Quem as encontrou foi Lisa Cody, como planejado. Ela também planejava não participar da busca passando tempo no lugar que continha as memórias de dias melhores. Ela deve ter sentido certa resistência quando tentou empurrar a sanfona da porta — havia dúzias de lâmpadas lá dentro —, mas fez um esforço, assim como forçou a barra para continuar próxima de Lisa. O barulho de cacos e vidro quebrando nos levou correndo para as cabines telefônicas.

"Estão quebradas", disse Lisa Cody.

Todo mundo perguntou a Lisa como ela havia conseguido arrancar todas as lâmpadas, mas ela respondia dizendo apenas: "Tenho braços magrelos e muito compridos".

Lisa Cody desapareceu dois dias depois. Ela desapareceu em algum lugar entre o refeitório e a nossa ala. Ninguém nunca a encontrou, embora a busca tenha se dado por mais de uma semana.

"Ela não suportava este lugar", Lisa disse.

E ainda que nos esforçássemos para ouvir um tom invejoso em sua voz, nós não escutamos nada que o indicasse.


Alguns meses depois, Lisa fugiu novamente enquanto estava sendo levada para uma consulta ginecológica no Hospital Geral de Massachusetts. Conseguiu ficar fora por dois dias. Quando voltou, parecia extremamente satisfeita consigo mesma.

"Vi Lisa Cody", ela disse.

"Oh!", Georgina exclamou, surpresa. Polly balançou a cabeça em desaprovação.

"Ela é uma viciada de verdade agora", Lisa disse, sorrindo.

**HOSPITAL MCLEAN**

**Nome:** S. Kaysen

| Data e Hora: | Anotações da Enfermagem | | A.M. | P.M. |
|---|---|---|---|---|

FICHA DE MEDICAÇÃO E TRATAMENTO
1. Registrar __todo__ o pedido.
2. Registrar __todas__ a medicações tomadas e __todos__ os tratamentos realizados.

Enquanto supervisionava a visita masculina recebida por S.K. (sr. Hardy), vi, ao abrir a porta, depois do intervalo de cinco minutos da ronda, que o sr. Hardy se afastava, fechando a braguilha da calça. S.K. estava sentada no chão. Logo depois, o sr. Hardy deixou o quarto.

25/05/67

Dormiu bem.

Multimid + 1 cap. — 8:30 — 6:30

Compareceu à metade da reunião. Disse que às vezes acha necessário quebrar cubos de gelo para extravasar a raiva. Assistiu TV e visitou E.V.K.

Passou o início da noite tranquilamente. A pedidos, ensinou a equipe a fazer flores de papel. Aos poucos, foi ficando mais sociável e pareceu ter se divertido até o fim da noite, brincando de charadas.

# RONDA ÍNTIMA

Estávamos fumando um cigarro sentadas no chão em frente à estação das enfermeiras. Gostávamos de ficar ali. Era uma forma de ficar de olho nelas.

"É impossível quando há rondas de cinco em cinco minutos", disse Georgina.

"Eu consegui", disse Lisa Cody.

"Não", disse a Lisa real. "Não conseguiu." Ela tinha recém-começado sua campanha contra Lisa Cody.

"É, eu me enganei sobre o tempo; eu consegui nas rondas de quinze em quinze", Lisa Cody consertou.

"Talvez nas de quinze", concordou Lisa.

"Ah, nas de quinze é fácil", disse Georgina.

"Wade é jovem", disse Lisa. "Quinze em quinze é possível."

Eu ainda não tinha tentado. Embora meu namorado tivesse finalmente se acostumado com a minha internação e começado a me visitar, a responsável pela ronda do dia tinha me flagrado pagando um boquete para ele. Agora nossas visitas eram sempre supervisionadas. Ele parou de me visitar.

"Elas me pegaram", eu disse. Todo mundo sabia disso, mas eu continuava repetindo porque me incomodava.

"Grande merda", disse Lisa. "Foda-se!" Ela riu. "Foda elas e elas que se fodam!"

"Não acho que ele conseguiria em quinze minutos", falei.

"Sem distrações. Direto ao assunto", disse Georgina.

"Com quem é que você está trepando mesmo?", Lisa perguntou a Lisa Cody. Lisa Cody não respondeu. "Eu sabia. Você não está fodendo com ninguém."

"Vai se foder você!", disse Daisy, que estava passando por ali.

"Ô, Daisy", disse Lisa, "você já fodeu durante as rondas de cinco em cinco minutos?"

"Eu não daria pra nenhum dos cuzões daqui", disse Daisy.

"Desculpinha mixuruca", sussurrou Lisa.

"Você também não está trepando com ninguém", Lisa Cody disse.

Lisa sorriu. "Georgina vai me emprestar o Wade por uma tarde."

"Dez minutos é mais que o suficiente", respondeu Georgina.

"Elas nunca te pegaram?", perguntei a ela.

"Ah, elas não se importam. Elas gostam do Wade."

"A trepada tem que ser entre pacientes", Lisa explicou. "Termina com aquele idiota do seu namorado e arranja um namorado que esteja internado aqui."

"É, seu namorado é um lixo", disse Georgina.

"Eu acho ele bonitinho", disse Lisa Cody.

"Dá pra ver que é um merda", disse Lisa.

Comecei a fungar.

Georgina me afagou, tentando me consolar. "Ele nem te visita."

"É verdade", disse Lisa. "Ele até que é bonitinho, mas ele nem te visita. E onde foi que ele arranjou aquele sotaque?"

"Ele é inglês. Foi criado na Tunísia." Eu sentia que esses eram os principais requisitos pelos quais ele era meu namorado.

"Manda ele de volta", aconselhou Lisa.

"Não se preocupe, eu fico com ele", disse Lisa Cody.

"Ele não consegue foder em quinze minutos", eu alertei. "Você teria que ficar só no boquete."

"De boa", disse Lisa Cody.

"Eu adoro pagar um boquete de vez em quando", disse Lisa.

Georgina balançou a cabeça. "Salgado demais."

"Eu não me importo com o gosto", eu disse.

"Vocês já chuparam alguém de gosto amargo, azedo, meio parecido com limões, só que pior ainda?", Lisa perguntou.

"Isso me parece sinal de infecção no pau", disse Georgina.

"Eca!", exclamou Lisa Cody.

"Não, infecção não", disse Lisa. "Alguns têm esse gosto mesmo."

"Credo, quem precisa deles?", falei.

"Vamos encontrar um namorado novo para você no refeitório", disse Georgina.

"Vê se encontra uns extras", disse Lisa. Ela ainda estava restrita à nossa ala.

"Tenho certeza que o Wade deve conhecer alguém legal", Georgina continuou.

"Ai, esquece isso", eu disse. A verdade é que eu não queria um namorado louco.

Lisa olhou para mim.

"Sei muito bem no que você está pensando. Você não quer namorar um maluco, não é?"

Fiquei envergonhada, por isso não respondi.

"Você supera", ela disse. "Que escolha você tem?"

Todo mundo caiu na gargalhada. Até eu acabei rindo.

A pessoa responsável pela ronda esticou o pescoço para fora da enfermaria e balançou a cabeça quatro vezes — uma vez para cada uma de nós.

"Rondas de meia em meia hora", disse Georgina. "Aí sim seria bom."

"Ganhar 1 milhão de dólares também seria uma maravilha", disse Lisa Cody.

"Ah, cara, este lugar", disse Lisa.

Todas nós suspiramos.

**Hospital McLean**

## RELATÓRIO DA ENFERMEIRA SOBRE
## A INTERNAÇÃO DO PACIENTE

Nome: _Kaysen, Susanna_  Data: _27/04/1967_

Hora da internação: _13:30_  Como? Ambulatório: (X) Maca: ( )  Ala: _SB II_
(Marque com um x)

Aparência: _branca — sexo feminino — 18 anos — cabelos castanho-escuros — 1,65 — roupas modestas (saia preta, suéter roxo) — sem joias — limpa — sem sinais, cicatrizes ou qualquer outro tipo de marcas — vestia um casaco azul-marinho._

Comportamento: _Aparentemente assustada — tímida — se comunicava bem — chorou uma vez durante breve encontro com a equipe de enfermeiras — parecia relaxada — não demonstrou sinais exteriores de nervosismo excessivo._

Temperatura: _37 graus_  Pulso: _80_  Respiração: _16_

Pressão arterial: _11 por 6_  Altura: _1,65_  Peso: _45 quilos_

Banho imersivo na internação: _Não houve_

Enfermeira responsável pela internação: ▮▮▮▮▮▮▮▮▮▮▮▮

Observações da enfermeira responsável: _muito deprimida — jovem desesperada — moderadamente tensa — chora facilmente — esforça-se para manter a compostura — bastante cooperativa — fala muito sobre sua vida anterior e atual._

▮▮▮▮▮▮▮▮▮
(Assinatura da enfermeira responsável)

Data: _02/05/1967_  ▮▮▮▮▮▮▮▮▮
(segundo o supervisor)  (Assinatura do supervisor)

# VOCÊ ACREDITA NELE OU EM MIM?

O médico disse que me entrevistou por três horas antes de entrar com o pedido de internação. Afirmo que foram vinte minutos. Vinte minutos entre o momento em que entrei pela porta e o momento em que ele decidiu me enviar para o McLean. Provavelmente passei uma hora a mais esperando no consultório enquanto ele ligava para o hospital, para os meus pais, chamava o táxi. Uma hora e meia é o tempo máximo que concedo a ele.

Não podemos estar os dois dizendo a verdade. Mas será que é importante saber quem está certo?

Para mim é. Mas acontece que estou errada.

Tenho uma evidência contra mim. O horário de admissão escrito no relatório da enfermeira sobre a internação da paciente. A partir dali preciso reconstruir toda a minha narrativa. E por quê? Porque no relatório diz que me internei às 13h30.

Eu disse que havia saído de casa de manhã cedo. Mas minha ideia de cedo devia se referir a, sei lá, 9h da manhã. Lembrem-se que eu costumava trocar o dia pela noite — essa foi uma das questões que o médico fez questão de destacar.

Eu também disse que cheguei ao consultório antes das 8h, mas é bem possível que eu estivesse errada quanto a isso também.

Por isso, vou me comprometer em dizer que saí de casa às 8h e me locomovi por uma hora até chegar à minha consulta, às 9h. Vinte minutos depois disso seria 9h20 da manhã.

Então vamos dar um salto no tempo para depois da viagem de táxi. O trajeto de Newton até Belmont dura cerca de meia hora. Lembro-me de esperar durante quinze minutos no prédio administrativo antes de assinar o documento de internação. Se acrescentarmos a burocracia e o tempo até a enfermeira responsável assinar o relatório, temos aí mais quinze minutos. No total, podemos jogar por volta de uma hora, o que quer dizer que cheguei no hospital por volta de 12h30.

E aí temos — entre 9h20 e 12h30 — três horas de entrevista!

Contudo, ainda acho que estou certa. Estou certa sobre o que realmente importa.

Mas agora, nesta altura do campeonato, você acredita nele.

Não se precipite — eu tenho mais evidências.

Uma delas é a nota de internação escrita pelo médico que, evidentemente, acessou todo o meu histórico clínico antes que eu encontrasse a enfermeira responsável. No canto direito, na linha onde se anota a hora de internação, está escrito 11h30.

Vamos reconstruir a linha do tempo de novo.

Subtraindo a meia hora que levei para ser atendida e enfrentar todas as burocracias do processo, seriam 11h da manhã. Subtraindo a meia hora da viagem de táxi, temos 10h30. Subtraindo a hora que aguardei enquanto o médico fez as ligações de telefone, temos 9h30. Imaginando que saí de casa às 8h e cheguei no consultório às 9h, temos aí uma entrevista de apenas meia hora.

É isso aí, entre 9h e 9h30. Não vou debater sobre esses dez minutos extras.

Agora é em mim que você acredita.

## BELMONT, MASSACHUSETTS

### NOTA DE INTERNAÇÃO

HOSPITAL 22 201                                    Horário de internação: 11:30

Kaysen, Susanna                    27 de abril de 1967    SB II
**NOME DA PACIENTE**                          **DATA**              **ALA**

**Idade:** 18        **Sexo:** Feminino        **Estado Civil:** Solteira

**Religião:** Judaica    **Ocupação:** Estudante (?)

**Tipo de internação:** Voluntária        **Outras internações em
hospitais psiquiátricos:** Nenhuma

**Acompanhado por:** Ninguém

**Responsável pelo caso:** Dr. ████████████

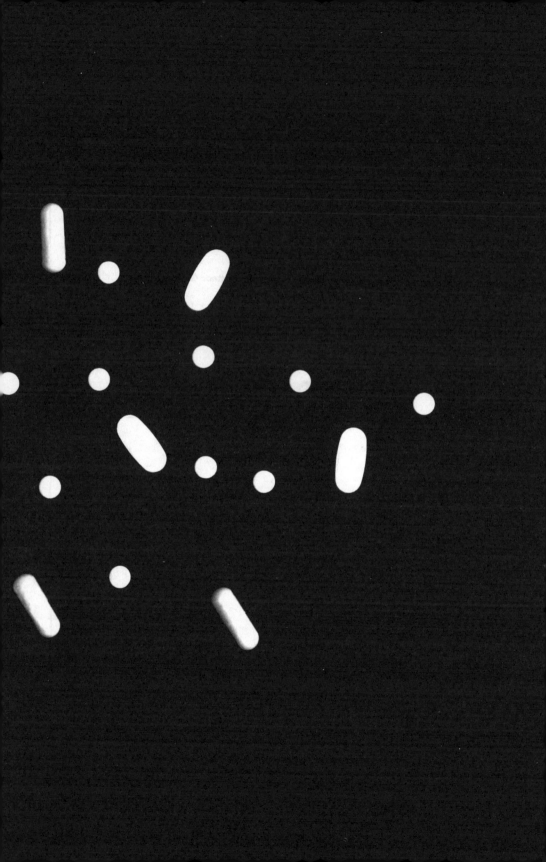

# VELOCIDADE X VISCOSIDADE

A insanidade chega de duas maneiras básicas: devagar ou rápido.

Não estou falando de como se inicia ou da sua duração. Estou falando da qualidade da loucura, do trabalho que demanda ser maluco cotidianamente.

Há várias denominações: depressão, catatonia, mania, ansiedade, agitação. Mas esses nomes não revelam o suficiente.

A qualidade predominante da loucura que funciona devagar é a viscosidade.

A experiência é densa. As percepções são espessas e o tempo é enfadonho e nebuloso, pingando lentamente através do filtro obstruído dessa percepção cerrada. A temperatura corporal é baixa. O pulso é vagaroso. O sistema imunológico está sempre semiadormecido. O organismo é torpe e salobro. Até os reflexos ficam reduzidos, como se a perna não conseguisse se erguer e sair do estupor nem quando um martelo médico testa batidas no joelho.

A viscosidade ocorre em um nível celular. O mesmo acontece com a velocidade.

Em contraste com o coma celular da viscosidade, a velocidade investe cada plaqueta e fibra muscular de um pensamento próprio, uma forma de saber e comentar acerca do próprio comportamento. A percepção é excessiva, e além desse acúmulo de percepções, há uma infinitude de pensamentos sobre elas próprias e o fato de tê-las. Como a seguinte constatação: fazer digestão pode te matar! O que quero dizer é que estar ininterruptamente consciente do processo digestivo do seu organismo pode te levar à exaustão e, por consequência, à morte. A digestão é apenas um exemplo do que ocorre quando você começa a pensar — é aí que o verdadeiro perigo mora.

Tente pensar em algo; qualquer coisa — não importa. "Estou cansada de ficar sentada em frente à estação das enfermeiras." Um pensamento perfeitamente razoável. É isso o que a velocidade faz com ele: Primeiro, quebra a frase. "Estou cansada" — bom, será que você realmente está cansada? Tipo, sonolenta? E uma vez que isso entra em cena, você precisa checar cada parte do seu corpo para saber se está se sentindo assim e, enquanto faz isso, é bombardeada com imagens de sonolência, como: uma cabeça caindo sobre um travesseiro; a cabeça se encostando no travesseiro; Wynken, Blynken e Nod;[*] o Pequeno Nemo[**] esfregando os olhos de sono; um monstro marinho... Oh, não! Um monstro marinho! Bom, se você tiver sorte, consegue evitar o monstro marinho e ir direto para a parte de cair no sono. De volta ao travesseiro, às memórias de ter tido caxumba aos 5 anos, à sensação do rosto inchado sobre os travesseiros, à dor na hora de salivar... Pare! Vamos voltar à sonolência.

Mas a imagem da salivação é atraente demais, então agora é hora de fazer uma excursão dentro da sua boca. Você já esteve aqui antes e é sempre ruim. A culpa é da língua: uma vez que você presta atenção nela, ela se torna uma intrusa. Por que minha língua é tão grande? Por que ela é áspera nas bordas? Será que é alguma deficiência de vitamina? É possível alguém viver sem língua? Não seria mais confortável para a boca se ela não estivesse lá? Haveria muito mais espaço. A língua, cada célula dela, de repente se torna gigantesca. Um vasto objeto desconhecido dentro da sua boca.

---

[*]   "Wynken, Blynken, and Nod" é um poema escrito por Eugene Field. É uma canção de ninar popular nos Estados Unidos e conta a história de três crianças que saem para velejar e pescar dentro de um velho sapato de madeira.

[**]  Personagem de uma revista em quadrinhos publicada originalmente em 1905. Ela narrava os sonhos aventureiros e assustadores de um garotinho.

Para tentar diminuir o tamanho da sua língua, você decide focar em todos os seus componentes: na ponta macia; no fundo cheio de calombos; nas bordas ásperas (deficiência vitamínica, você já decidiu); na raiz... um problema. Repentinamente, você percebe que existem raízes na sua língua. Você já as viu antes e pode senti-las se colocar os dedos dentro da boca, mas não consegue tocá-las com a própria língua. É um paradoxo.

Paradoxo. A lebre e a tartaruga. Aquiles e o que mesmo? A tartaruga? O tendão? A língua?

De volta à língua. Ela diminuiu nesse tempo em que você mudou de foco. Mas pensar nela de novo faz com que cresça. Por que está tão áspera nas laterais? Será que é uma deficiência vitamínica? Você já pensou nisso antes, mas agora esses pensamentos estão presos na sua língua. Eles aderem à existência dela.

Tudo isso levou menos de um minuto e ainda há o resto da frase para elaborar. E o pior é que tudo que você queria fazer, no fim das contas, era decidir se deveria se levantar ou não.

A viscosidade e a velocidade são categorias opostas, no entanto, podem parecer a mesma coisa. A viscosidade causa uma imobilidade gerada pela relutância; a velocidade causa uma imobilidade gerada pela fascinação. Um observador não saberia dizer se aquela pessoa está silenciosa e inerte porque sua vida interior é estéril ou porque sua vida interior é frenética.

Algo comum às duas variáveis é o pensamento repetitivo. As experiências parecem todas estilizadas, pré-gravadas. Certos padrões de pensamento ficam ligados a algumas atividades e movimentos específicos, e, antes que se perceba, é impossível realizar aquele movimento ou aquela atividade sem despertar uma avalanche de pensamentos preconcebidos.

Uma avalanche letárgica de pensamentos sintéticos pode levar dias para cair. Uma parte da paralisia muda da viscosidade vem de saber cada detalhe do que está por vir e esperar pela sua chegada. Aí então vem o pensamento do "eu-não-valho-nada". Esse será o pensamento do dia. O dia todo, a frase pingando, palavra por palavra. O próximo pensamento, no dia seguinte, vai ser: "Eu sou o Anjo da Morte". Esse pensamento vem acompanhado de uma vastidão resplandecente, inalcançável, de pânico. A viscosidade achata a efervescência do pânico.

Esses pensamentos não têm sentido. São mantras idiotas que funcionam em um ciclo predeterminado: "Eu não valho nada", "Eu sou o Anjo da Morte", "Eu sou burra", "Eu não consigo fazer nada". Pensar o primeiro deles desencadeia o circuito inteiro. É como uma gripe: primeiro uma garganta inflamada, depois, coriza e tosse.

Uma vez, esses pensamentos devem ter tido algum significado. Devem ter significado exatamente o que diziam. Mas a repetição acabou embotando-os. Tornaram-se música de fundo, uma miscelânea de músicas de elevador composta de temas sobre autodepreciação e autodesprezo.

O que é pior: sobrecarga ou carga nenhuma? Felizmente, nunca precisei escolher. Um ou outro se acomodaria, passaria por mim ou me driblaria e seguiria adiante.

Seguiria para onde? De volta para as minhas células, espreitando como um vírus, esperando pela próxima oportunidade? De volta ao éter do mundo para esperar pelas circunstâncias que poderiam provocar sua reaparição? Endógena ou exógena, natureza ou criação — esse é o grande mistério da doença mental.

# TELA DE SEGURANÇA

"Preciso de ar fresco", disse Lisa. Estávamos sentadas no chão, na frente da enfermaria, como sempre.

Daisy apareceu.

"Me dá um cigarro", ela disse.

"Se vira e arranja o seu, sua vaca", disse Lisa, antes de lhe estender o maço.

"Que porcaria de cigarro", reclamou Daisy. Lisa fumava Kools.

"Preciso de ar fresco", repetiu Lisa. Ela apagou o cigarro no tapete marrom e bege e se levantou. "Ei!", ela enfiou a cabeça através da porta dupla da estação das enfermeiras. "Eu preciso de um ar fresco, porra!"

"Só um minutinho, Lisa", respondeu uma voz vinda de dentro.

"Agora!", Lisa esmurrou o batente que dividia as metades de cima e de baixo da porta. "Isso é ilegal. Vocês não podem manter alguém dentro de um prédio por meses. Eu vou ligar pro meu advogado."

Lisa ameaçava ligar para o seu advogado com certa frequência. Ela tinha um advogado indicado pelo tribunal, um cara de uns 26 anos, bonito, de olhos grandes. Ele não pôde impedir a internação dela. Seu nome era Irwin. Lisa dizia ter trepado com ele algumas vezes na sala onde os clientes e os advogados se encontravam, dentro do tribunal.

Sempre que Lisa ameaçava ligar para o advogado, a enfermeira-chefe interferia.

Ela saiu e se apoiou no batente da porta. "O que foi, Lisa?", disse, com voz cansada.

"Eu quero uma porra de um ar fresco!"

"Não precisa gritar", retrucou a enfermeira-chefe.

"E existe outro caralho de jeito de chamar a atenção neste lugar?"

Lisa sempre chamava o hospital de "este lugar".

"Estou bem na sua frente agora", a enfermeira-chefe disse. "Estou prestando atenção."

"Então você já sabe o que eu quero."

"Vou conseguir uma ajudante para abrir a janela do seu quarto", disse a enfermeira.

"Janela!", exclamou Lisa. Ela se virou brevemente para olhar para nós. "Eu não estou interessada nessa porra de janela!" Ela bateu na porta de novo. A enfermeira-chefe deu um passo para trás.

"Ou é a janela ou não é nada, Lisa", ela disse.

"Janela ou nada", cantarolou Lisa, debochando. Ela deu alguns passos ao longo do corredor, para que todas nós, inclusive a enfermeira-chefe, pudéssemos vê-la.

"Sabe o que eu queria? Eu queria ver como é que você ia lidar estando neste lugar, sem nunca sair daqui de dentro, nunca respirar ar fresco, nunca ser capaz de abrir a própria porra de janela, com um bando de putas cheias de frescura te dizendo exatamente o que fazer. Valerie, hora do almoço. Valerie, não precisa gritar. Valerie, hora de tomar os seus remédios para dormir. Valerie, pare de dar escândalo. Já pensou? Me diz aí, como é que você ia fazer, hein, porra?"

O nome da enfermeira-chefe era Valerie.

"Fala sério, você não duraria dez minutos neste lugar."

"Sua puta do caralho", disse Daisy.

"Alguém te perguntou alguma coisa?", Lisa apontou para ela.

"Me dá um cigarro", disse Daisy.

"Se vira, arranja os seus", disse Lisa. Ela voltou para a enfermeira-chefe. "Vou ligar para o meu advogado."

"Certo", disse a enfermeira-chefe. Ela era superesperta.

"Você acha que eu não tenho direitos? É isso que você acha?"

"Você quer que eu transfira a ligação?"

Lisa balançou o braço, dispensando a proposta. "Não", ela disse. "Não, só abre a janela."

"Judy", disse a enfermeira-chefe. Judy era uma ajudante jovem e loira que nós adorávamos atormentar.

"Valerie!", gritou Lisa. Ela chamava o nome da enfermeira-chefe apenas quando estava chateada. "Valerie, eu quero que *você* abra a minha janela."

"Estou ocupada, Lisa."

"Vou ligar pro meu advogado."

"Judy pode abrir pra você."

"Eu não quero essa vaca metida dentro do meu quarto, caralho!"

"Ai, como você é chata!", exclamou a enfermeira-chefe. Ela pressionou o botão de segurança que destravava a parte de baixo da porta e saiu para o corredor, juntando-se a nós.

Lisa sorriu.

Para abrir uma janela, um membro da equipe tinha que destrancar a tela de segurança, uma rede grossa e resistente, presa a uma moldura de aço, depois levantar as pesadas janelas de vidro inquebrável e fechar e trancar novamente a tela de segurança. O procedimento levava cerca de três minutos e era bem trabalhoso. Era o tipo de serviço destinado às ajudantes. Com a janela aberta, e se fosse um dia de vento, era possível sentir o ar entrando através da tela de segurança.

A enfermeira-chefe voltou do quarto de Lisa, um pouco corada do esforço. "Pronto", ela disse, batendo na porta da sala das enfermeiras para que a deixassem entrar.

Lisa acendeu outro cigarro.

"Sua janela está aberta", disse a enfermeira-chefe.

"É, estou ligada", disse Lisa.

"Você não vai nem entrar no quarto, né?", suspirou a enfermeira-chefe.

"Ah, cara", disse Lisa, "isso ajuda a passar o tempo." Ela encostou a ponta acesa do cigarro no braço por um segundo. "Quero dizer, o negócio todo durou uns vinte minutos, talvez meia hora."

A campainha soou, a enfermeira-chefe abriu a porta, entrou e se debruçou no batente novamente.

"Sim, ajuda mesmo a passar o tempo", ela disse.

"Me dá um cigarro", disse Daisy.

"Arranja o seu, sua piranha", disse Lisa. E então lhe estendeu o maço.

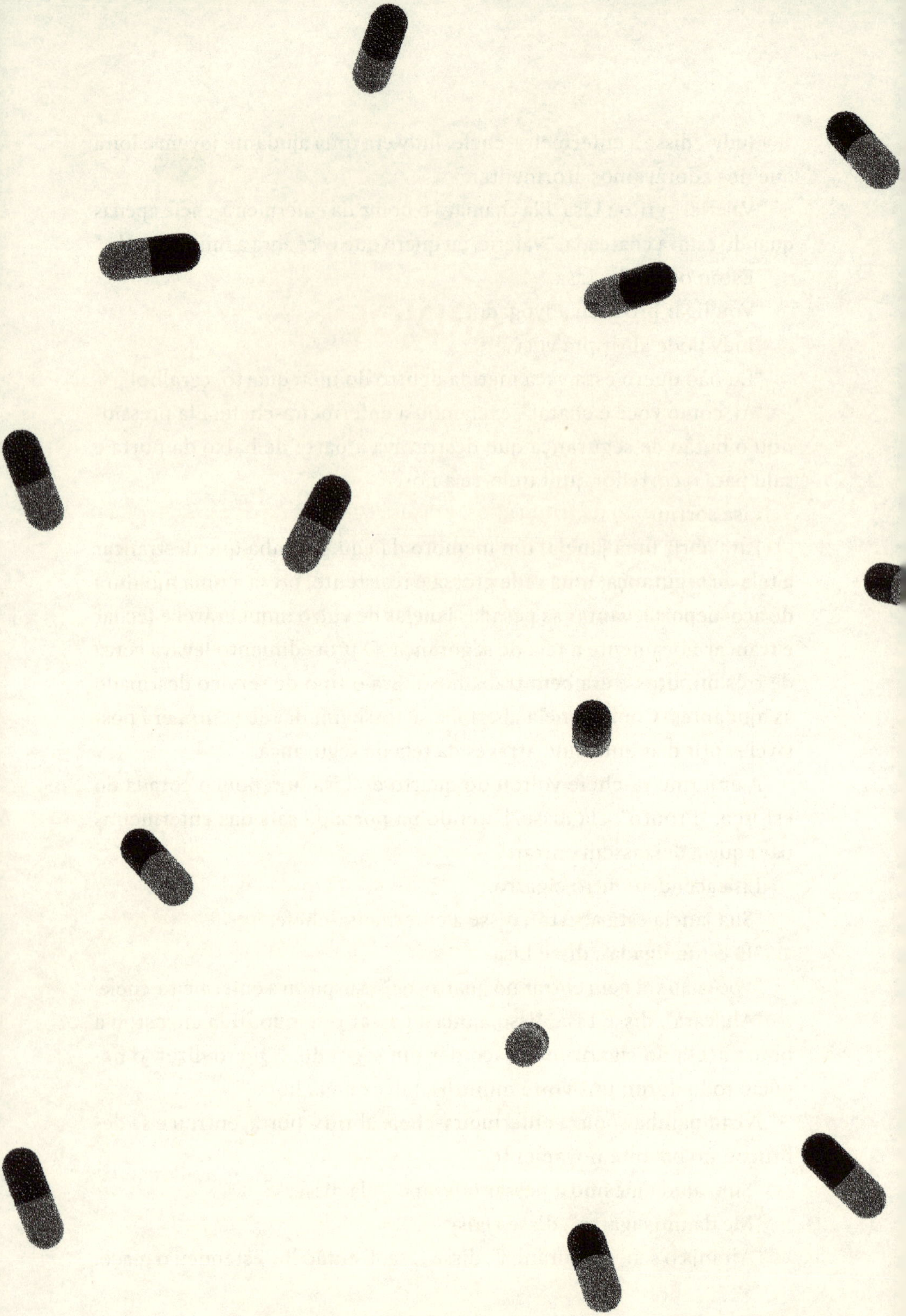

# GUARDIÕES

Valerie tinha cerca de trinta anos. Era alta e tinha braços e pernas compridos. Ela se parecia bastante com Lisa, mas tinha cabelos loiros. Ambas tinham quadris estreitos e longilíneos e juntas flexíveis. Lisa era ótima em se enroscar em cadeiras e cantos, assim como Valerie. Se alguém estivesse chateado e por isso tivesse se enfiado entre a parede e o aquecedor, ou atrás de uma banheira ou outro espaço pequeno e seguro, Valerie sempre conseguia se encolher e transformar o corpo grande em um pacotinho compacto para se sentar ao lado daquela pessoa.

Embora tivesse cabelos lindos, ela sempre os mantinha escondidos em uma trança que enrolava em um coque atrás da cabeça. Esse coque trançado nunca estava solto ou fora de lugar. Valerie era raramente persuadida a desfazê-lo e nos mostrar a trança, que caía até a cintura. Somente Lisa conseguia convencê-la. Contudo, embora implorássemos, ela nunca soltou os cabelos.

Valerie era rígida e inflexível, a única funcionária da equipe em quem confiávamos. Confiávamos nela porque ela não nos temia. Ela também não tinha medo dos médicos. Além disso, também gostávamos dela porque ela quase nunca tinha o que dizer.

Naquele lugar, ouvíamos gente falando o tempo todo. Cada uma de nós se consultava com três médicos diferentes por dia: o responsável pela ala, o residente e nosso próprio terapeuta. Na maior parte do tempo, escutávamo-nos falando com esses médicos, embora eles também falassem muito.

Tinham uma linguagem especial: *regressão, atuação, hostilidade, abstinência, comportamento autoindulgente*. Essa última parte podia ser usada para classificar qualquer tipo de atividade e torná-la suspeita: comportamento autoindulgente ao se alimentar, comportamento autoindulgente ao falar, comportamento autoindulgente ao escrever. No mundo exterior as pessoas normais simplesmente comiam, falavam ou escreviam, mas aqui dentro nada do que nós fazíamos era simples assim.

Valerie era um alívio comparado com aquilo. A única palavra que ela usava era "atuação", no sentido de mau comportamento, e ela a usava corretamente, para deixar claro que "vocês estão me deixando maluca". Ela dizia coisas como "Pare com isso" ou "Você é uma chata". Ela falava exatamente o que queria, exatamente como nós.

Os médicos eram homens; as ajudantes e as enfermeiras eram mulheres. Havia duas exceções: o ajudante Jerry e a dra. Wick. Jerry era esbelto e preocupado. Ele tinha uma piadinha ótima. De vez em quando, se alguém tivesse muitos privilégios, essa pessoa podia sair do hospital de táxi. Então ela diria: "Jerry, me chama um táxi", e Jerry responderia: "Oi, um táxi, como vai você?". Amávamos isso.

Com a dra. Wick, a história era outra.

A dra. Wick era a chefe da nossa ala, South Belknap II. Todas as alas tinham nomes de internatos, como East House ou South Belknap. A dra. Wick teria sido uma ótima matrona de colégio interno. Ela tinha vindo da Rodésia e se parecia com o fantasma de um cavalo. Quando falava, sua voz também se assemelhava à de um cavalo. Ela tinha uma voz borbulhante, grave, e seu sotaque inglês colonial dava às suas frases a cadência de um relincho.

A dra. Wick parecia muito pouco conhecedora da cultura estadunidense, por isso foi uma escolha bastante estranha sua indicação para inspecionar a ala das adolescentes. Ela se chocava facilmente com questões de cunho sexual. A palavra "foda" fazia com que seu pálido rosto de cavalo se enrubescesse — o que acontecia muito quando ela estava perto de nós.

Uma conversa característica com a dra. Wick:

"Bom dia! Foi constatado previamente que a senhorita costumava sofrer de promiscuidade compulsiva. Você gostaria de conversar sobre isso?"

"Não." Esta é a melhor de todas as respostas ruins que eu poderia dar.

"Podíamos falar, por exemplo, sobre sua ligação com o seu professor de inglês do ensino médio." A dra. Wick sempre usa palavras como *ligação*.

"Hum?"

"Você gostaria de me contar sobre isso?"

"Hum. Bom. Ele me levou para Nova York." Foi quando percebi o quanto ele estava interessado. Ele me pagou um almoço vegetariano incrível. "Mas não foi dessa vez que aconteceu."

"O quê? Quando aconteceu?"

"Que nós fodemos."

(Rubor.)

"Certo, continue."

"Nós fomos ao museu Frick. Nunca tinha estado lá antes. Tinha um quadro de Vermeer, sabe, essa pintura fantástica de uma garota tendo aula de música — eu simplesmente não conseguia acreditar que algo pudesse ser tão maravilhoso..."

"E quando foi que vocês...? É... Quando foi...?"

Ela não quer saber sobre o Vermeer? Mas era disso que eu me lembrava. "Quando foi o quê?"

"A...a... relação. Como começou?"

"Ah, foi depois. Quando já tínhamos voltado da viagem." De repente percebi o que ela queria ouvir. "Eu estava na casa dele. Tínhamos reuniões do grupo de discussão de poesia lá. Todo mundo tinha ido embora, então só estávamos eu e ele no sofá. Daí ele perguntou: 'Você quer foder?'."

(Rubor.)

"Ele usou essa expressão?"

"Foi." Mas ele não usou. Ele me beijou. Ele já tinha me beijado em Nova York também. Mas para que decepcioná-la, não é?

Chamavam essas sessões de terapia.

Felizmente, a dra. Wick tinha muitas outras garotas de quem cuidar, então nossa terapia era breve, durava somente cinco minutos por dia. O problema era que, logo depois dela, vinha o médico residente.

Havia uma pausa de dois ou três minutos para respirar entre a saída da dra. Wick e a chegada do residente. Nesse meio-tempo podíamos pensar em coisas para dizer ou formular novas reclamações. Os residentes eram encarregados dos privilégios, das medicações, das ligações telefônicas — as questões do dia a dia com as quais a dra. Wick não se importava e nem precisava se preocupar.

Os médicos residentes eram trocados a cada seis meses. Mal começávamos a nos acostumar com um residente quando ele era arrancado de nós e substituído por um novo — e incompreensível — médico. Eles sempre começavam obstinados e terminavam exaustos e prontos para partir. Alguns começavam cheios de compaixão e empatia; mas logo ficavam amargos e cheios de rancor, porque nos aproveitávamos deles de propósito.

Eis uma conversa típica com um médico residente:

"Bom dia! Como o seu intestino está funcionando?"

"Quero sair do grupo. Quero privilégios para sair do hospital."

"Você está sofrendo de dores de cabeça?"

"Faz seis meses que estou no grupo!"

"A enfermeira-chefe disse que você se comportou mal ontem depois do almoço."

"Ela está inventando isso!"

"Hum... Hostilidade." Ele anota em um caderninho.

"Posso ter permissão para tomar Tylenol em vez de aspirina?"

"Não há diferença entre os dois medicamentos."

"Aspirina me dá dor de estômago."

"Você está sofrendo de dores de cabeça?"

"Não, mas quero trocar de remédio caso eu venha a sofrer."

"Hum... Hipocondria." Ele escreve de novo.

Mas esses dois médicos eram só a entrada. O prato principal, na verdade, era o terapeuta.

A maioria de nós tinha consultas com nossos terapeutas todos os dias. Cynthia não; ela se consultava duas vezes por semana e recebia terapia de choque uma vez por semana. Lisa, por sua vez, não ia à terapia. Ela tinha um terapeuta, mas ele usava a hora da consulta para tirar uma soneca. Às vezes, se estivesse muito entediada, ela exigia que a levassem ao consultório dele, a fim de flagrá-lo cochilando na poltrona. "Te peguei!", ela dizia. Então voltava à ala. O resto de nós perambulava por aquele caminho, dia após dia, exumando o passado.

Os terapeutas não queriam nem saber da nossa rotina.

"Não fale do hospital", meu terapeuta disse um dia, quando reclamei de Daisy e de uma enfermeira idiota. "Não estamos aqui para falar do hospital."

Eles não podiam garantir nem revogar privilégios, ajudar-nos a nos livrar de colegas de quarto fedorentas, impedir as ajudantes de nos atormentar. O único poder que tinham era o de nos dopar. Amplictil, Stelazine, Tioridazina, Psicosedin, Valium — esses eram os melhores amigos do psiquiatra. Os residentes também podiam nos prescrever essas porcarias, caso estivéssemos em uma situação "aguda". Uma vez que começávamos o uso, se tornava muito difícil parar. Era um pouco como a heroína, com a diferença de que era a equipe médica que se viciava em nos medicar.

"Você está indo muito bem", o médico residente dizia.

Claro que estava. Aquelas coisas nocauteavam a gente.

Um ou dois ajudantes e meia dúzia de enfermeiras, incluindo Valerie, eram a equipe diurna do hospital. As funcionárias da noite consistiam em três mulheres irlandesas, robustas e peitudas, que sempre nos chamavam de "meu benzinho". Ocasionalmente, havia uma mulher negra corpulenta e também dona de seios fartos, que nos chamava de "querida". A equipe noturna sempre nos abraçava se precisássemos de um abraço. A equipe diurna era adepta da regra de desencorajar o contato físico.

Um universo sombrio, chamado entardecer, separava o dia e a noite. Começava às 15h15, quando a equipe diurna se retirava para a sala de estar para poder fofocar sobre nós com a equipe noturna. Às 15h30 todo mundo aparecia. O poder havia sido transferido. A partir daí até as 23h, quando as mulheres acolhedoras assumiam, ficávamos nas mãos da sra. McWeeney.

Talvez fosse a sra. McWeeney que tornasse o crepúsculo uma hora tão perigosa. Independentemente da estação do ano, o entardecer começava às 15h15 sempre que ela chegava.

Era uma mulher seca, difícil, miúda, com olhinhos parecidos com os de um porco. Se a dra. Wick era uma inspetora de internato disfarçada, a sra. McWeeney era uma inspetora de prisão indisfarçada. Ela tinha cabelo prateado e grosso, ondulado e apertado em volta da cabeça como uma enxaqueca. As enfermeiras da manhã, seguindo o exemplo de Valerie, usavam jalecos desabotoados sobre as roupas casuais. Essa informalidade não atingia a sra. McWeeney. Ela usava um uniforme branco engomado e sapatos de enfermeira com solas esponjosas que retocava de branco toda semana; entre segunda e sexta-feira, podíamos ver a tinta rachando e descascando.

Valerie e a sra. McWeeney não se topavam. Era fascinante, como escutar escondido seus pais tendo uma briga. A sra. McWeeney olhava os cabelos e as roupas de Valerie com a mesma desaprovação que dedicava a nós, e sempre estalava os dentes com impaciência quando Valerie recolhia seu casaco, seu livro de bolso, e deixava a estação das enfermeiras às 15h30. Valerie ignorava a presença dela. E o fazia de maneira muito óbvia.

Enquanto Valerie estivesse na ala, nos sentíamos seguras em demonstrar ódio contra a sra. McWeeney, mas tão logo a víamos de costas, descendo o corredor e atravessando as portas duplas com tranca dupla, uma melancolia profunda, mesclada com ansiedade, nos dominava: agora era a sra. McWeeney que estava no poder.

Ela não tinha o poder absoluto, mas quase. Ela o dividia com o misterioso médico de plantão. Ela nunca o chamava. "Posso lidar com isso", dizia.

Ela tinha mais confiança na sua habilidade de lidar com as coisas do que nós tínhamos nela. Muitas noites eram passadas em um debate — deveríamos ou não chamar o médico plantonista?

"Teremos que concordar em discordar", a sra. McWeeney dizia, às vezes dez vezes seguidas. Ela possuía uma galeria interminável de clichês.

Quando a sra. McWeeney dizia "Teremos que concordar em discordar", "As paredes têm ouvidos" ou "Sorria e o mundo sorrirá com você, chore e chorará sozinho", um sorriso fraco, mas satisfeito, brilhava em seu rosto.

Ela era nitidamente maluca. Ou seja, passávamos oito horas do nosso dia trancadas com uma mulher louca que nos detestava.

A sra. McWeeney era imprevisível. Ela amarrava a cara sem motivo algum enquanto estava distribuindo nossos remédios de dormir e depois voltava para a estação das enfermeiras batendo a porta atrás de si e sem dizer uma palavra. Precisávamos esperar que se acalmasse antes de receber nossas medicações; às vezes esperávamos por meia hora.

Toda manhã reclamávamos com Valerie sobre ela, embora nunca disséssemos nada sobre termos que esperar para sermos medicadas. Sabíamos que a sra. McWeeney era louca, mas era uma louca que precisava ganhar a vida. Não queríamos que fosse demitida, só que fosse transferida para outra ala.

Valerie não se sensibilizava com as nossas reclamações.

"A sra. McWeeney é uma profissional", dizia. "Ela está neste ramo há muito mais tempo que eu."

"E daí?", retrucava Georgina.

"Ela é uma lunática do caralho!", Lisa gritava.

"Não precisa gritar, Lisa... Estou bem aqui", Valerie dizia.

De um jeito ou de outro, acabávamos protegendo a sra. McWeeney. Contudo, ela não era a única que precisava de proteção.

De vez em quando, recebíamos uma torrente de enfermeiras em formação. Como aves migratórias, passavam primeiro pelo nosso hospital antes de ir para salas de cirurgia ou unidades de tratamento cardíaco. Seguiam em bando as enfermeiras veteranas, fazendo perguntas e se enfiando onde não eram chamadas. "Ai, aquela Tiffany! A menina gruda em mim feito sanguessuga!", as enfermeiras reclamavam. Então tínhamos a chance de dizer: "É uma merda, não é? Ser seguida por aí o tempo todo?" As enfermeiras acabavam reconhecendo que tínhamos razão.

As estagiárias de enfermagem tinham entre 19 e 20 anos: como a maioria das pacientes. Elas tinham rostos eufóricos e limpos e uniformes imaculados e bem passados. A inocência e incompetência que demonstravam nos causavam pena; diferentemente do que sentíamos com relação à incompetência dos ajudantes, que nos causava puro escárnio. Isso acontecia em parte porque as estagiárias ficavam conosco por poucas semanas, enquanto os ajudantes incompetentes permaneciam por anos a fio. Mas isso acontecia, principalmente, porque quando olhávamos para as enfermeiras em formação, víamos versões alternativas de nós mesmas. Elas estavam vivendo vidas que poderíamos estar vivendo. Isso, claro, se não estivéssemos ocupadas sendo doentes mentais. Elas dividiam apartamentos, tinham namorados, falavam sobre roupas. Queríamos protegê-las para que continuassem vivendo essas vidas. Eram como representações de nós mesmas.

Elas adoravam conversar com a gente. Perguntávamos que filme tinham visto ultimamente, como tinham ido nas provas e quando iam se casar (a maioria delas tinha anéis de noivado decepcionantemente pequenos). Elas nos contavam tudo — que os namorados estavam insistindo para que transassem antes do casamento, que a mãe era uma bêbada, que suas notas eram ruins e que a bolsa de estudos não seria renovada.

Dávamos bons conselhos. "Use camisinha"; "Leve-a aos Alcoólicos Anônimos"; "Estude bastante até o fim do semestre para as suas notas melhorarem". Depois, elas nos agradeciam: "Vocês tinham razão. Muito obrigada."

Fazíamos o possível para controlar nossas carrancas, resmungos e lágrimas quando elas estavam por perto. Consequentemente, elas saíam daqui sem aprender nada sobre enfermagem psiquiátrica. Quando finalizavam o rodízio, o que levavam consigo eram versões melhoradas de quem éramos, meio caminho entre nossos eus miseráveis e a normalidade que víamos incorporada nelas.

Para algumas de nós, isso era o mais próximo que chegaríamos de uma cura.

Assim que partiam, as coisas voltavam rapidamente ao normal, ouso dizer, ainda piores do que costumavam ser, e as enfermeiras ficavam todas sobrecarregadas.

Essas eram as pessoas que nos guardavam. E quem eram as que nos resgatavam? Penso que nós mesmas.

# MIL NOVECENTOS E SESSENTA E OITO

O mundo não parou só porque não fazíamos parte dele — longe disso. Noite após noite, corpos minúsculos tombavam e enchiam o solo da nossa tela de TV: negros, jovens, vietnamitas, pobres. Alguns deles mortos, outros momentaneamente nocauteados. Sempre havia mais gente para substituir os que caíam e se juntar à multidão na noite seguinte.

Então chegou o momento em que pessoas que conhecíamos — não pessoalmente, mas das quais já tínhamos ouvido falar ou conhecíamos por serem famosas — começaram a ser assassinadas também: Martin Luther King, Robert Kennedy. Será que isso era mais assustador? Lisa disse que era natural. "Precisam matá-los", ela explicou. "Caso contrário essa situação nunca vai se acalmar."

Mas não parecia que se acalmaria algum dia. As pessoas estavam fazendo coisas que sempre fantasiamos em fazer: invadindo universidades e interrompendo aulas; construindo casas feitas de papelão e usando-as para impedir o caminho das pessoas; mostrando a língua para policiais.

Torcíamos por eles, por aquelas pessoinhas dentro do nosso aparelho de televisão, que encolhiam conforme os números de adeptos cresciam, até que se tornaram um amontoado de pontinhos invadindo as universidades e mostrando a língua. Achávamos que, por fim, viriam nos "libertar" também. "Manda ver!", gritávamos para eles.

Fantasias não incluem as repercussões. Estávamos salvas no nosso hospital caro e bem equipado, trancadas com nossas próprias raivas e revoltas. Era fácil dizer "Manda ver!". O pior que podia nos acontecer era passar uma tarde na solitária. Geralmente, o que recebíamos era um sorrisinho, um balançar de cabeça, uma anotação nas nossas tabelas: "Identifica-se com os protestos políticos". Eles, por outro lado, ganhavam crânios fraturados, olhos roxos, chutes nos rins — e, só então, eram presos para remoer a raiva e a própria revolta.

E então o tempo passou, mês após mês de confrontos, protestos e marchas. Foi uma época fácil para a equipe do hospital. Nós não precisávamos mais fazer nossas "atuações" — já estavam atuando no nosso lugar.

Não estávamos só tranquilas, estávamos cheias de expectativa. O mundo iria mudar, os fracos herdariam a terra, ou melhor, tomá-la-iam dos fortes. E nós, as mais fracas e as mais vulneráveis deles, seríamos herdeiras legítimas da vastidão que havia sido negada a nós.

Mas isso nunca aconteceu — nem para nós e nem para nenhum dos que lutaram por esse legado.

Foi quando vimos Bobby Seale* amarrado e amordaçado em um tribunal de justiça em Chicago que percebemos que o mundo nunca mudaria. Ele estava acorrentado como um escravizado.

Cynthia ficou extremamente chateada. "É o que eles fazem comigo!", ela gritou. E era verdade. Eles realmente te amarram e te amordaçam durante a terapia de choque, para impedir que você morda a própria língua no momento em que estiver convulsionando.

Lisa também estava furiosa, mas por outra razão. "Você não vê a diferença?", ela rosnou para Cynthia. "Eles precisam amordaçá-lo porque têm medo que as pessoas acreditem no que ele vai dizer."

Olhamos para ele. Um homem pequeno e escuro, acorrentado, sendo transmitido na nossa tela de TV, mas ostentando algo que sempre nos faltaria: credibilidade.

---

\* Ativista político do Movimento dos Direitos Civis dos Estados Unidos. Cofundador do Partido dos Panteras Negras.

# OSSOS EXPOSTOS

Para muitas de nós, o hospital era tanto uma prisão como um refúgio. Embora estivéssemos separadas do mundo e de todos os problemas que adorávamos causar nele, também éramos arrancadas das demandas e das expectativas que, em suma, haviam nos tornado insanas. O que era esperado de nós agora que estávamos aprisionadas em uma casa de loucos?

O hospício nos protegia de todo tipo de situações. Podíamos, por exemplo, pedir à equipe que nos poupasse de receber ligações ou visitas de qualquer pessoa com a qual não quiséssemos falar, incluindo nossos pais.

"Eu estou muito perturbada!", choramingávamos, e então não precisávamos falar com quem quer que fosse.

Enquanto estivéssemos "perturbadas" não precisaríamos trabalhar ou ir para a faculdade. Podíamos nos esquivar de absolutamente tudo, exceto de comer e tomar nossos remédios.

Nos sentíamos livres, à nossa maneira. Havíamos chegado ao fim da linha. Não tínhamos mais nada a perder. Nossa privacidade, nossa liberdade, nossa dignidade: tudo isso já tinha sido perdido e agora estávamos despidas e expostas até os ossos.

Nuas, precisávamos de proteção, e o manicômio nos protegia. Claro, estávamos expostas justamente por causa dele — mas isso reforçava a sua obrigação institucional de nos dar abrigo.

O hospital cumpria com o exigido. Alguém das nossas famílias devia pagar uma boa quantidade de dinheiro para que isso acontecesse: 60 dólares (dólares de 1967, lembrem-se) a diária; terapia, remédios, consultas, tudo isso era cobrado à parte. O seguro do hospital cobria cerca de noventa dias, mas noventa dias era só o começo no McLean. Foi o tempo que demorou para fechar meu diagnóstico. O valor que seria gasto em todas aquelas faculdades que eu não quis fazer serviu para pagar minha hospitalização.

Se nossas famílias deixassem de pagar, teríamos de deixar o sanatório e seríamos jogadas completamente nuas em um mundo no qual não sabíamos mais como viver. Preencher um cheque, discar um telefone, abrir uma janela, trancar uma porta — esses são apenas alguns exemplos de coisas que desaprendemos a fazer no nosso período de internação.

Nossas famílias. No entendimento geral, elas eram o motivo pelo qual estávamos ali, ainda que fossem completamente ausentes das nossas vidas. Nos perguntávamos: será que lá fora também éramos tão ausentes das vidas deles?

Nós, lunáticos, geralmente somos designados pela nossa família como os rebatedores do time. Frequentemente, a família é toda composta de malucos, mas como é impossível internar todos os membros dela, só uma pessoa é escolhida e hospitalizada. Então, dependendo de como a família se sente com relação a isso, a pessoa é mantida no hospício ou dispensada, pois há algo a se provar sobre a saúde mental da família.

A maioria das famílias tende a querer provar a mesma coisa: *Nós não somos loucos; ela é que é louca.* Essas são as famílias que continuam pagando.

Mas algumas famílias têm a necessidade de provar que ninguém ali é louco; são essas que ameaçam parar com o pagamento.

A família da Torrey era assim.

Todas gostávamos dela justamente porque vinha de uma linhagem nobre. A única coisa de errado sobre Torrey era o uso de metanfetaminas. Ela havia passado dois anos usando *speed* no México, onde a família dela vivia. As metanfetaminas tornaram o rosto dela pálido e a voz dela cansada e arrastada — ou melhor, era a abstinência da droga que havia causado esses efeitos.

Torrey era a única pessoa que Lisa respeitava, talvez porque ambas compartilhassem o amor por se injetar.

A cada dois meses, os pais de Torrey viajavam do México para Boston para brigar com ela. Diziam que era louca, que havia deixado todos loucos, que estava fingindo estar doente, que não podiam mais pagar a internação, e assim por diante. Depois que partiam, Torrey nos contava tim-tim por tim-tim em sua voz arrastada.

"Então minha mãe disse: 'Você me transformou numa alcoólatra', e meu pai disse: 'Você não vai sair nunca deste lugar', aí eles trocaram os discursos e minha mãe disse: 'Você não passa de uma viciada', e meu pai disse: 'Eu não vou continuar pagando pra você levar essa vida boa enquanto nós sofremos'."

"Por que você aceita as visitas deles?", Georgina perguntou.

"Ah", disse Torrey.

"É assim que eles demonstram amor", disse Lisa. Os pais dela nunca haviam entrado em contato.

As enfermeiras concordavam com Lisa. Elas diziam que Torrey era madura por concordar com as visitas, mesmo sabendo que os pais acabariam por confundi-la. *Confundir* era a palavra que as enfermeiras usavam quando queriam dizer *abuso*.

Torrey não estava nem um pouco confusa. "Eu não me incomodo de estar aqui", ela dizia. "É uma folga do México." Na boca de Torrey, a palavra México soava como uma maldição.

"México", ela dizia, balançando a cabeça.

No México ela tinha uma casa enorme com varandas na frente e atrás, tinha empregados, tinha sol todos os dias e metanfetaminas à venda na farmácia.

Para Lisa, parecia o paraíso.

"É a própria morte", dizia Torrey. "Estar no México é como estar morta e precisar injetar *speed* nas veias para sentir que ainda há um pouco de vida dentro de você. É isso."

Às vezes, Valerie ou outra enfermeira tentava explicar a Torrey que ela poderia voltar ao México desde que não entrasse na farmácia e não comprasse metanfetaminas.

"Você obviamente nunca esteve lá", Torrey respondia.

Em agosto, os pais dela ligaram para anunciar que estavam vindo buscá-la.

"Vão me levar para a morte", ela disse.

"Não vamos te deixar ir", disse Georgina.

"Isso, não vamos te deixar ir", complementei. "Não é, Lisa?"

Lisa não queria fazer promessas. "O que é que a gente pode fazer?"

"Absolutamente nada", disse Torrey.

Naquela tarde, perguntei a Valerie: "Valerie, você não vai ter coragem de deixar os pais da Torrey levarem ela de volta pro México, vai?".

"Nós estamos aqui para proteger vocês", ela respondeu.

"O que ela quis dizer?", perguntei a Lisa naquela noite.

"Porra nenhuma", Lisa retrucou.

Não tivemos notícia dos pais de Torrey por uma semana. Então ligaram para dizer que queriam que ela os encontrasse no aeroporto de Boston. Não pretendiam se incomodar indo buscá-la no hospital.

"Você pode pular do táxi no caminho do aeroporto", sugeriu Lisa. "Em algum lugar perto do centro da cidade. Pula e corre direto pro metrô." Ela era mestre em planejar fugas.

"Mas eu não tenho nenhum dinheiro", Torrey disse.

Fizemos um levantamento do nosso dinheiro. Georgina tinha 22 dólares; Polly tinha 18; Lisa tinha 12; eu tinha 15 dólares e 95 centavos.

"Você conseguiria viver por semanas com esse dinheiro", Lisa apontou a ela.

"Uma semana, talvez", disse Torrey. Mas ela parecia menos deprimida. Aceitou o nosso dinheiro e o guardou no sutiã. Formou um bolo e tanto de notas. "Obrigada", disse.

"Além disso, você precisa de um plano", disse Lisa. "Você vai ficar por aqui mesmo ou pretende sair da cidade? Acho que você deveria sair da cidade assim que tiver a chance."

"E ir pra onde?"

"Você não tem nenhum amigo em Nova York?", Georgina perguntou.

Torrey balançou a cabeça. "Conheço vocês e alguns viciados no México. É basicamente isso."

"Lisa Cody", disse Lisa. "Ela também é viciada. Ela pode te hospedar na casa dela."

"Ela não é confiável", disse Georgina.

"Ela gastaria a grana toda em droga", falei.

"Talvez eu também faça isso", Torrey apontou.

"É, mas aí tudo bem", disse Lisa. "A gente deu o dinheiro pra *você*."

"Não gaste com drogas", disse Polly. "Se fizer isso, talvez seja melhor simplesmente voltar pro México."

"É, eu sei", disse Torrey. Agora ela parecia deprimida de novo.

"O que está rolando?", perguntou Lisa.

"Acho que não tenho coragem", disse Torrey. "Não consigo fazer isso."

"Sim, consegue sim", gritou Lisa. "Simplesmente abra a porta do táxi no primeiro sinal vermelho e pule pra fora. Aí você foge, porra! Você consegue."

"Talvez você consiga fazer isso, Lisa", disse Torrey, "mas eu não consigo."

"Você tem que conseguir", insistiu Georgina.

"Eu sei que você consegue", disse Polly. Ela colocou sua mão listrada de cor-de-rosa e branco sobre o ombro magro de Torrey.

Me perguntei se Torrey realmente conseguiria fugir.

Pela manhã, duas enfermeiras estavam esperando para levá-la até o aeroporto.

"Desse jeito não vai funcionar", Lisa sussurrou para mim. "Ela nunca vai conseguir escapar estando guardada por duas delas."

Então Lisa decidiu criar uma distração. A ideia era ocupar tanto a equipe de funcionárias que apenas uma delas poderia acompanhar Torrey até o aeroporto.

"Esta porra de lugar!", gritou Lisa. Ela desceu o corredor batendo as portas de todos os quartos. "Vão se foder!"

Funcionou. Valerie fechou o topo da porta dupla na estação das enfermeiras e confabulou com as outras funcionárias enquanto Lisa berrava e batia portas. Quando apareceram, estavam organizadas no formato "resolução de problemas".

"Acalme-se, Lisa", disse Valerie. "Onde está Torrey? É hora de ir. Vamos."

Lisa fez uma pausa em seu circuito de fúria. "*Você* vai levar ela?"

Todas sabíamos que era impossível escapar de Valerie.

Valerie balançou a cabeça. "Não. Agora se acalme, Lisa."

Lisa bateu outra porta.

"Fazer isso não vai ajudar em nada", Valerie disse. "Não vai mudar absolutamente nada."

"Valerie, você prometeu...", comecei a dizer.

"Onde está Torrey?", ela me interrompeu. "Vamos acabar logo com isso."

"Estou aqui", disse Torrey. O braço que segurava a mala estava tremendo, por isso a mala ficava batendo contra a perna dela.

"Certo", disse Valerie. Ela foi até a enfermaria e voltou com um copinho cheio de remédios. "Tome isso", ela disse.

"Que porra é essa?", Lisa gritou lá do corredor.

"É para ajudar Torrey a relaxar", Valerie disse. "Ela precisa relaxar."

"Já estou relaxada", respondeu Torrey.

"Tome os remédios", disse Valerie.

"Não toma!", Lisa berrou. "Não toma isso, Torrey!"

Torrey jogou a cabeça para trás e mandou todos para dentro.

"Graças a Deus", Valerie murmurou, aliviada. "Certo. Muito bem. É isso." Ela também estava tremendo. "Certo. Adeus, Torrey, minha querida, adeus."

Torrey estava mesmo indo embora. Ela ia entrar no avião e voltar para o México.

Lisa desistiu do tumulto e veio ficar com o restante de nós. Ficamos paradas ali, na estação das enfermeiras, olhando para Torrey.

"Aquilo era o que eu acho que era?", Lisa perguntou a Valerie. Ela praticamente colou seu rosto ao da enfermeira-chefe. "Aquilo era Amplictil? Era isso que aquilo era?"

Valerie não respondeu. Ela não precisava. Os olhos de Torrey já estavam cintilando. Ela deu um passo para trás e perdeu o equilíbrio. Valerie a segurou pelo cotovelo.

"Está tudo bem", ela disse a Torrey.

"Eu sei", disse ela, pigarreando. "Claro."

A enfermeira que a levaria ao aeroporto pegou a mala e guiou Torrey pelo corredor até as portas duplas de trancas duplas.

Então não havia mais nada a se fazer. Uma ajudante entrou no quarto de Torrey e começou a desfazer a cama. Valerie voltou para a enfermaria. Lisa bateu uma porta. O restante de nós ficou parada onde estava por um tempo. Depois, assistimos à TV até que a enfermeira voltasse do aeroporto. Ficamos silenciosas, prestando atenção para descobrir se havia alguma agitação na estação das enfermeiras — algo que seria provocado por uma fuga. Mas nada aconteceu.

O dia piorou depois disso. Não importava onde estivéssemos, todo lugar era o lugar errado. A sala de televisão parecia quente demais; a sala de estar era esquisita demais; o chão na frente da enfermaria também não era um bom lugar. Georgina e eu tentamos ficar no quarto, mas isso também era terrível. Todos os cômodos pareciam enormes, vazios e cheios de ecos. E não havia nada para fazer.

Hora do almoço: sanduíche de atum. Quem comeria isso? Odiávamos sanduíche de atum.

Depois do almoço, Polly disse: "Vamos simplesmente decidir passar uma hora na sala de estar, depois uma hora na frente da estação das enfermeiras, e assim por diante. Assim, pelo menos, teremos um itinerário."

Lisa não estava interessada. Mas Georgina e eu decidimos dar uma chance a esse esquema.

Começamos pela sala de estar. Cada uma de nós caiu em uma poltrona amarela de vinil. Eram 14h de um sábado de agosto em uma ala de segurança média em Belmont. Fumaça de cigarros velhos, revistas velhas, tapete de bolinhas verdes, cinco poltronas de vinil amarelas, um sofá laranja com o encosto quebrado: era uma sala de estar que só podia pertencer a um hospício.

Fiquei sentada na minha poltrona de vinil amarelo tentando não pensar em Torrey. Em vez disso, olhei para a minha mão. Me ocorreu que a palma da minha mão era igual à palma da mão de um macaco. O enrugado das três linhas principais que atravessavam a palma de um lado a outro e a forma como os dedos se curvavam me pareciam ter características símias. Se eu esticasse os dedos, minha mão pareceria mais humana, então fiz isso. Mas era cansativo manter os dedos tão separados. Deixei que relaxassem, então a ideia a respeito do macaco voltou.

Virei minha mão rapidamente. O dorso dela não era muito melhor. Minhas veias estavam salientes — talvez porque o dia estivesse muito quente — e a pele ao redor dos nós dos dedos era solta e enrugada. Se eu movesse minha mão, eu conseguia ver os três ossos compridos que ligavam meu pulso às primeiras articulações dos meus dedos. Ou talvez não fossem ossos, mas sim tendões? Cutuquei um deles; era flexível, então provavelmente um tendão. Embaixo dele, entretanto, havia ossos. Pelo menos era o que eu esperava.

Cutuquei mais profundamente, para sentir os ossos. Foram difíceis de achar. Os ossos das juntas eram fáceis, mas eu queria sentir os ossos da mão, aqueles que vinham do meu pulso até os meus dedos.

Comecei a ficar preocupada. Onde estavam meus ossos? Coloquei minha mão na boca e mordi, para ver se mastigava alguma coisa dura. Tudo parecia deslizar. Havia nervos, vaso sanguíneos, tendões; todas essas coisas eram escorregadias e difíceis de capturar.

"Caramba", eu disse.

Georgina e Polly não estavam prestando atenção.

Comecei a coçar o dorso da minha mão. Meu plano era conseguir puxar um pedaço de pele para trás e descolá-lo só para conseguir dar uma olhada ali dentro. Queria ter certeza de que tinha uma mão humana, com ossos. Minha mão foi ficando cor-de-rosa e branca — meio como as mãos de Polly —, mas eu não conseguia rasgar a pele para olhar embaixo.

Então enfiei a mão na boca e mastiguei. Sucesso! Uma bolha de sangue surgiu próxima do último nó do meu dedo, onde meu incisivo perfurou a pele.

"Que porra você está fazendo?", Georgina perguntou.

"Estou tentando chegar ao fundo desta questão", respondi.

"Ao fundo de quê?", Georgina parecia nervosa.

"Da minha mão", falei, dando um tchauzinho. Um fio de sangue escorreu pelo meu pulso.

"Bom, pare já com isso", ela disse.

"A mão é minha", respondi. Também estava brava. E ficava mais nervosa a cada segundo. Oh, Deus, pensei, não há nenhum osso aqui, não há nada aqui.

"Eu tenho ossos?", perguntei a elas. "Eu tenho ossos? Vocês acham que eu tenho algum osso?", eu não conseguia parar de perguntar.

"Todo mundo tem ossos", respondeu Polly.

"Mas *eu* tenho?"

"Você tem ossos", disse Georgina. Então saiu correndo da sala e voltou, menos de um minuto depois, acompanhada de Valerie.

"Olhe para ela", Georgina disse, apontando para mim.

Valerie me deu uma olhada e saiu da sala.

"Eu só quero ver meus ossos", eu disse. "Eu só preciso ter certeza."

"Eles estão aí dentro, eu prometo", disse Georgina.

"Eu não me sinto segura."

Valerie estava de volta, com o copo de medicamentos.

"Valerie, eu não me sinto segura", falei.

"Tome isto", ela me entregou o copo.

Eu sabia que era Amplictil por causa da cor, embora nunca tivesse tomado esse medicamento antes. Deitei a cabeça para trás e engoli.

O remédio era pegajoso e azedo e caiu mal no meu estômago. O gosto continuou na minha garganta. Engoli em seco várias vezes seguidas.

"Ai, Valerie", eu disse, "Você prometeu..." Então o medicamento fez efeito. Era como uma muralha feita de água. Forte e suave ao mesmo tempo.

"Uau", falei. Não conseguia ouvir minha voz muito bem. Decidi me levantar, mas quando tentei caí no chão imediatamente.

Valerie e Georgina me seguraram pelos braços e me carregaram pelo corredor até o nosso quarto. Minhas pernas e pés pareciam feitos de espuma, gigantes e densos. Valerie e Georgina também pareciam feitas de espuma — grandes colchões macios pressionados um de cada lado de mim. Era muito reconfortante.

"Vai ficar tudo bem, não vai?", perguntei. Minha voz parecia vir de muito longe e eu não tinha dito o que eu queria. O que eu realmente queria dizer era que agora eu estava me sentindo segura, agora eu era realmente louca e ninguém poderia me tirar dali.

**HOSPITAL MCLEAN**  Página.....  F-90

**Número:** 22.201    **Nome:** KAYSEN, Susanna    SB II

| 9 de agosto de 1967 | RELATÓRIO DO ESTADO DA PACIENTE |
|---|---|

A paciente esteve muito bem, com exceção de algumas reações depressivas durante o fim de semana. Ontem, especificamente, quando, depois de ouvir a alguns discos, de repente voltou a se sentir como uma adolescente e ficou muito assustada ao pensar que pode ter tido uma infância insatisfatória. Amedrontou-se e ficou muito agitada, entrando com um pedido de consulta com o médico plantonista. Demonstrou medo com relação aos seus pais e à falta de comunicação, ao fato de nunca ter sido capaz de tomar decisões satisfatórias na vida até agora, e demonstrou ansiedade com a ideia de o terapeuta estar de licença. Hoje está extremamente agitada, embora coerente, e, até que seu terapeuta volte, vai precisar de suporte extra. O que mais a chateia é a relação com os pais, a falta de entendimento deles com relação a ela, o que acredita afetar seu relacionamento com outras pessoas, e também o fato de que os considera pouco confiáveis e pouco compreensivos. Conversamos sobre responsabilidade e tomada de decisões, e ela diz se sentir um pouco melhor depois de externar alguns dos seus sentimentos. Contudo, no presente momento, ela precisará se sentir apoiada e protegida, até que seu terapeuta volte, pois está passando por uma fase difícil.

| 24 de agosto de 1967 | RELATÓRIO DO ESTADO DA PACIENTE |
|---|---|

A paciente sofreu um episódio de despersonalização no sábado, por cerca de seis horas, tempo durante o qual acreditava não ser uma pessoa real, apenas um pedaço de pele. Ela disse que quis se cortar para ver se sangraria e assim provar para si mesma que era uma pessoa real. Além disso, disse que queria ver um raio-X de si mesma para ter certeza de que tinha ossos por dentro. O evento precipitador desse episódio de despersonalização ainda não foi esclarecido.

# SAÚDE BUCAL

Eu estava sentada no refeitório comendo bolo de carne quando algo muito peculiar aconteceu dentro da minha mandíbula. Minha bochecha começou a inchar. Até o momento em que voltei para minha ala tinha um inchaço no meu rosto do tamanho de uma bola de pingue-pongue.

"É o siso", disse Valerie.

Então fomos ao dentista.

O consultório dele ficava no prédio administrativo, onde muito tempo atrás eu me sentei, bem quietinha, esperando para ser aprisionada. O dentista era alto, solene e sujo, com respingos de sangue seco no jaleco e um bigode que parecia um amontoado de pelos púbicos. Quando enfiou os dedos na minha boca senti gosto de cera de ouvido.

"Abscesso", ele disse. "Vou remover agora mesmo."

"Não", eu disse.

"Não o quê?", ele já estava remexendo na sua bandeja de instrumentos.

"Não vou tirar nada." Eu olhei para Valerie. "Eu não vou deixar!"

Valerie olhou pela janela. "Não poderia controlar o abscesso por um tempo com antibióticos?", ela perguntou.

"Sim, poderia", ele disse. Ele olhou para mim. Mostrei todos os outros dentes. "Certo", concordou.

No caminho de volta, Valerie disse: "Você foi muito sensata".

*Sensata*. Fazia muito tempo que eu não ouvia uma palavra tão elogiosa dirigida a mim. "Aquele cara parecia uma espinha", falei.

"Vamos precisar controlar a infecção primeiro", Valerie murmurou para si mesma enquanto destrancava as portas duplas da nossa ala.

No primeiro dia fazendo uso de penicilina, a bola de pingue-pongue diminuiu para o tamanho de uma bolinha de gude. No segundo dia, a bolinha tinha virado uma ervilha, mas ainda havia uma erupção no meu rosto. Além disso, eu me sentia muito quente.

"Não dá para adiar mais", disse Valerie. "E você nunca mais vai poder tomar penicilina."

"Eu não vou lá", respondi.

"Tudo bem. Amanhã eu levo você ao meu dentista, em Boston", ela disse.

Todas as meninas ficaram entusiasmadas com a notícia. "Boston!", Polly balançou as mãos descarnadas. "O que você vai vestir?", ela perguntou. "Você podia ir no cinema", disse Georgina, "e comer pipoca." "Você podia descolar um negocinho pra mim", disse Lisa. "Lá perto da Jordan Marsh tem um cara com um boné azul de beisebol..." "Você podia pular do táxi no sinal vermelho e fugir", disse Cynthia. "O nome dele é Astro", Lisa continuou. Ela era mais realista que Cynthia; sabia muito bem que eu jamais fugiria. "O ácido que ele vende é muito barato."

"Eu estou parecendo um esquilo", eu disse. "Não vou conseguir fazer nada."

Uma vez no táxi, eu estava nervosa demais para apreciar a paisagem de Boston.

"Deite-se e conte até dez", disse o dentista. Antes que eu chegasse ao número quatro, estava despertando com um buraco na minha boca.

"Pra onde foi?", perguntei a ele.

Ele me mostrou meu dente, gigantesco, ensanguentado, cheio de arestas, retorcido.

Mas eu estava perguntando sobre o tempo. Eu parecia ter ultrapassado a mim mesma. Ele havia me jogado no futuro e eu não conseguia entender o que tinha acontecido com o tempo nesse ínterim. "Quanto tempo levou?", perguntei.

"Foi rapidinho", ele disse. "Só puxar e tirar."

Aquilo não ajudava nada. "Tipo cinco segundos? Ou tipo dois minutos?"

Ele se afastou da cadeira. "Valerie!", chamou.

"Preciso saber", falei.

"Evite bebidas quentes pelas próximas 24 horas", ele disse.

"Quanto tempo?"

"Vinte e quatro horas."

Valerie chegou, muito eficiente: "De pé, vamos indo".

"Preciso saber quanto tempo levou e ele não quer me contar."

Ela me lançou um de seus olhares fulminantes. "Não demorou nada, posso te garantir."

"É meu tempo!", eu gritei. "É o *meu* tempo e eu preciso saber quanto foi!"

O dentista revirou os olhos. "Vou deixar você cuidar disso", ele disse e se retirou do consultório.

"Vamos", disse Valerie, "não me cause problemas."

"Tá bom." Eu desci da cadeira do dentista. "Não vou causar nenhum problema. Não pra *você*, pelo menos."

No táxi, Valerie disse: "Tenho uma coisa pra você".

Era meu dente. Meio lavado, imenso, forasteiro.

"Eu roubei para você", ela disse.

"Obrigada, Valerie, foi muito gentil da sua parte", mas não era o dente o que eu queria. "Eu quero saber quanto tempo levou", eu disse, "Sabe, Valerie, eu perdi um pouco do meu tempo e eu preciso saber quanto tempo foi. Eu preciso saber."

Então comecei a chorar. Eu não queria, mas não consegui me segurar.

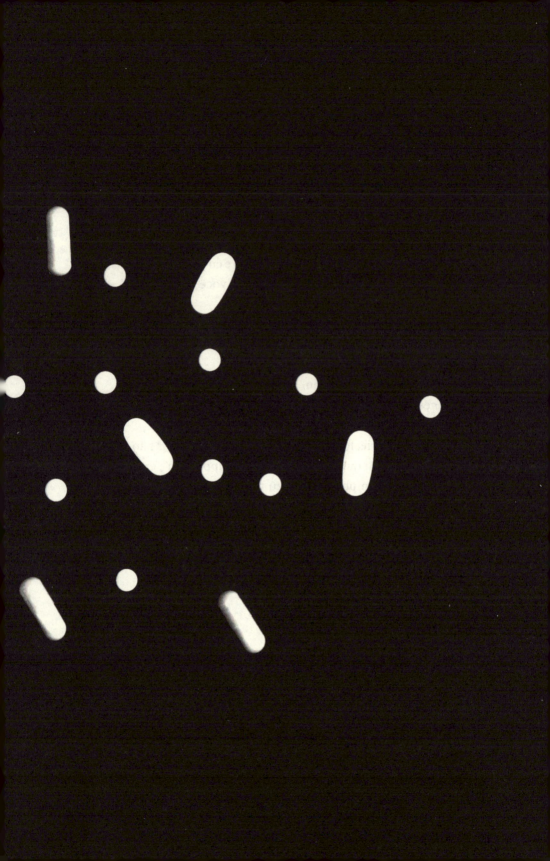

# CALAIS ESTÁ ETERNIZADA NO MEU CORAÇÃO

Um novo nome apareceu na lousa: Alice Calais.

"Vamos adivinhar quem é ela", disse Georgina.

"Nada além de outra doida", respondeu Lisa.

"Quando ela vai chegar?", perguntei a Valerie.

Ela apontou para as portas no fim do corredor. E lá estava ela, Alice Calais.

Ela era jovem, como nós, e não parecia ser louca. Nos levantamos do chão para poder cumprimentá-la de maneira apropriada.

"Eu sou Alice Calais", ela disse. Pronunciou Calais como *Calo*.

"Ca-lei?", perguntou Georgina.

Alice Calais-Calo franziu o rosto. "Hein?"

"A pronúncia correta é *Calo*", eu disse a Georgina. Achei rude que ela insinuasse que Alice não soubesse pronunciar o próprio nome.

"Ca-lei?", Georgina insistiu novamente.

Naquele momento, Valerie decidiu levar Alice para conhecer o quarto destinado a ela.

"É tipo Vermont", falei para Georgina. "Não pronunciamos *Vérr-môn*, como os franceses."

"É por causa da fonética", complementou Lisa.

Alice Calais-Calo era tímida, mas gostava de nós. Ela sempre se sentava por perto e prestava atenção nas conversas. Lisa a achava entediante. Georgina tentava deixá-la mais à vontade.

"Você sabia que Calais é um nome francês?", ela contou a Alice.

"*Calo*", respondeu ela. "É mesmo?"

"Sim. É um lugar bem famoso da França."

"Famoso por quê?"

"Costumava pertencer à Inglaterra", disse Georgina. "Boa parte da França pertencia, na verdade. Só perderam posse durante a Guerra dos Cem Anos. Calais foi o último território que perderam."

"Cem anos!", Alice arregalou os olhos.

Era fácil impressionar Alice. Ela não sabia quase nada sobre o mundo. Lisa achava que ela era retardada.

Certa manhã estávamos tomando café da manhã na cozinha, comendo torradas com mel.

"O que é isso?", perguntou Alice.

"Torradas com mel."

"Eu nunca comi mel antes", Alice disse.

Isso nos pareceu chocante. Seria mesmo possível viver uma vidinha tão limitada a ponto de nunca ter provado mel?

"Nunca?", perguntei.

Georgina passou um pedaço para ela. Observamos enquanto comia.

"Tem gosto de abelha", ela anunciou.

"Como assim?", Lisa perguntou.

"É meio peludo e piniquento — como as abelhas."

Dei outra mordida na minha torrada. O mel tinha apenas gosto de mel, sequer conseguia me lembrar da primeira vez que o havia provado.

Mais tarde naquele dia, Alice estava fora, fazendo um teste de Rorschach, quando perguntei: "Como é possível que alguém que nunca tenha provado mel possa ter uma família com grana suficiente para bancar a internação dela aqui?".

"Talvez ela seja tão incrivelmente louca e interessante que o hospital a aceitou por um valor simbólico", disse Georgina.

"Duvido muito", retrucou Lisa.

Ao longo das semanas seguintes, Alice Calais-Calo não deu a menor evidência de ser maluca — muito menos interessante. Até Georgina acabou se cansando dela.

"Ela nunca sabe nada", disse Georgina. "É como se tivesse sido criada dentro de um armário."

"Talvez tenha", disse Lisa. "Trancada em um armário se alimentando exclusivamente de biscoitos."

"Trancada pelos pais?", perguntei.

"Por que não?", disse Lisa. "Afinal, eles escolheram esse nome pra ela."

Era uma explicação tão boa quanto qualquer outra, principalmente porque, cerca de um mês depois, Alice explodiu feito um vulcão.

"Quanta energia a dessa garota!", Georgina observou. De lá do fim do corredor conseguíamos ouvir batidas, gritos e barulhos de coisas se quebrando dentro da solitária.

No dia seguinte, estávamos sentadas no chão, debaixo da lousa, quando duas enfermeiras marcharam, escoltando Alice entre elas, rumo à segurança máxima. Seu rosto estava inchado e vermelho de tanto chorar e se bater nas paredes. Ela nem olhou para nós. Estava ocupada com seus próprios pensamentos complicados — dava para notar pela forma como ela apertava os olhos e espremia os lábios, balbuciando para si mesma.

Em pouco tempo, o nome dela tinha sumido da lousa.

"Acho que ela está bem instalada do lado de lá", disse Lisa.

"Precisamos visitá-la", opinou Georgina.

As enfermeiras simpatizaram com a nossa intenção de visitar Alice. Permitiram até que Lisa viesse conosco. Imaginaram que ela seria incapaz de arranjar confusão dentro da ala de segurança máxima.

Não parecia especial do lado de fora. Sequer tinha portas duplas. Mas do lado de dentro era diferente. As janelas tinham telas de proteção como as nossas, mas havia barras de aço depois das telas. Pequenas barras, finas, separadas por poucos centímetros umas das outras — ainda assim, eram barras, como na cadeia. Além disso, os banheiros não tinham portas e as privadas não tinham assentos.

"Por que é que não podem ter assentos?", perguntei a Lisa.

"Talvez para não arrancarem o assento e darem com ele na cabeça de alguém? Sinceramente, eu não sei."

A estação das enfermeiras não era aberta, como a nossa, mas toda fechada com vidro reforçado e tela de galinheiro. As enfermeiras ficavam dentro ou fora. Na ala de segurança máxima não era possível se apoiar na porta dupla para conversar.

O pior de tudo é que os quartos não eram quartos. Eram celas. Na realidade, eram como solitárias. Não havia nada, exceto colchões nus com pessoas sentadas em cima deles. A diferença com relação à solitária era que havia janelas, mas eram minúsculas, reforçadas com telas e barras. A maioria das portas estava aberta, então conforme descíamos o corredor para encontrar Alice, podíamos ver outras pessoas deitadas em seus colchões. Algumas estavam nuas. Outras não estavam sobre os colchões, mas sim paradas em pé, ou então encolhidas em um canto da parede.

Era isso. Era o que havia ali. Quartinhos vazios com uma pessoa por quarto enroscada em algum canto.

O quarto de Alice cheirava mal. As paredes estavam lambuzadas de alguma coisa. Ela também. Estava sentada no colchão com os braços sujos envolvendo os joelhos.

"Oi, Alice", disse Georgina.

"Isso é merda", Lisa sussurrou para mim. "Ela esfregou merda em tudo."

Ficamos em pé do lado de fora. Não queríamos entrar por causa do cheiro. Alice parecia outra pessoa, como se tivesse trocado de rosto. De um jeito estranho, ela até parecia bem.

"Como você está?", perguntou Georgina.

"Tudo bem", disse Alice. Ela estava rouca. "Estou rouca", anunciou. "Andei gritando muito."

"Certo", respondeu Georgina.

Ninguém disse nada por um minuto.

"Estou melhorando", disse Alice.

"Que bom", Georgina respondeu.

Lisa bateu o pé impacientemente no linóleo. Eu estava ficando tonta de tentar respirar ao mesmo tempo que evitava sentir o mau cheiro.

"Então...", disse Georgina. "A gente se vê, tá bom?"

"Obrigada por terem vindo", disse Alice. Ela soltou os joelhos por alguns segundos para acenar para nós.

Voltamos para a estação das enfermeiras, onde nossa escolta tinha aproveitado para visitar a outra equipe de funcionárias. Não conseguíamos encontrar nossa enfermeira. Georgina bateu no vidro. A plantonista levantou os olhos para nós e sacudiu a cabeça.

"Só quero sair daqui", eu disse.

Georgina bateu no vidro de novo. "Queremos voltar para a SB II", ela disse em voz alta.

A enfermeira balançou a cabeça, mas nossa responsável não apareceu.

"Talvez isso seja uma pegadinha", disse Lisa. "E a intenção seja nos largar aqui."

"Não tem graça, Lisa", falei.

Georgina deu outra pancadinha no vidro.

"Eu resolvo", disse Lisa. Ela puxou o isqueiro do bolso e acendeu um cigarro.

Imediatamente, duas enfermeiras brotaram da enfermaria.

"Entregue já esse isqueiro", disse uma, enquanto outra tomava posse do cigarro.

Lisa sorriu. "Precisamos ser escoltadas de volta à ala SB II."

As enfermeiras voltaram para a estação.

"Isqueiros são proibidos na segurança máxima e só é permitido fumar com supervisão. Eu sabia que isso as provocaria." Lisa puxou outro cigarro, mas pensou melhor e o colocou de volta no maço.

Nossa enfermeira apareceu. "Que visita curta!", ela exclamou. "Como está Alice?"

"Ela disse que estava melhorando", disse Georgina.

"Ela tinha merda...", eu disse, mas não consegui descrever a situação direito.

Nossa enfermeira confirmou com a cabeça.

"Não é algo tão fora do comum."

Nossa sala de estar horrorosa, os quartos atulhados de mesas, cadeiras, cobertores e travesseiros, uma ajudante debruçada na porta da enfermaria conversando com Polly, o giz branco em seu suporte sob a lousa só esperando para que anotássemos nossos nomes: de volta ao lar.

"Ai", falei, suspirando diversas vezes. Não conseguia aspirar ar suficiente, não conseguia tampouco expirar.

"O que vocês acham que aconteceu com ela?", perguntou Georgina.

"Alguma coisa", disse Lisa.

"Merda nas paredes", eu disse. "Meu Deus... Será que poderia acontecer isso com a gente?"

"Ela disse que estava melhorando", Georgina disse.

"Tudo é relativo, eu acho", ponderou Lisa.

"Não poderia, poderia?", insisti.

"Não permita que aconteça", disse Georgina. "Nunca se esqueça disso."

# A SOMBRA DA REALIDADE

Meu analista já morreu. Antes de se tornar meu analista, ele era meu terapeuta, e eu gostava muito dele. A vista de seu consultório no primeiro andar do prédio de segurança máxima era muito pacífica: árvores, vento, céu. Havia tanto barulho na nossa ala. Por isso, eu costumava ficar em silêncio. Apenas olhava para as árvores e não dizia nada, então ele olhava para mim e também permanecia calado. Camaradagem.

De vez em quando ele dizia alguma coisa. Certa vez, adormeci brevemente na poltrona em frente a ele, depois de uma noite cheia de brigas e gritarias na nossa ala.

"Você quer dormir comigo", ele crocitou.

Eu abri os olhos e olhei para ele. Amarelado, sofrendo de calvície precoce, com bolsas sob os olhos — definitivamente, não era alguém com quem eu quisesse ter esse tipo de relação.

Na maioria das vezes, contudo, ele era legal. Sentia-me calma ao me sentar no seu consultório sem precisar me explicar.

Mas nem sempre ele me deixava em paz. Às vezes perguntava: "No que você está pensando?", e eu nunca sabia o que responder. Minha cabeça estava sempre vazia e eu gostava dela assim. Então ele me informava sobre as coisas nas quais eu estava pensando. "Você parece triste hoje", ele diria, ou "Hoje você me parece meio confusa".

Claro que eu estava triste e confusa. Eu tinha 18 anos, era primavera, eu estava aprisionada.

Por fim, ele dizia tantas coisas erradas sobre mim que eu precisava corrigi-lo, o que era justamente o que ele queria. Ficava irritada quando ele conseguia que as coisas funcionassem do jeito dele. No fim das contas, eu já sabia como eu me sentia — quem não sabia era ele.

Seu nome era Melvin. Tinha pena dele por causa disso.

Era frequente que, no caminho da nossa ala até a ala de segurança máxima, eu o visse dirigindo até o consultório. Ele costumava dirigir uma caminhonete com painéis falsos de madeira nas laterais, mas às vezes também aparecia em um Buick preto com janelas ovais e teto de vinil. Então, um belo dia, ele passou por mim em um carro esportivo verde, estacionando-o bruscamente com um cantar de pneus.

Comecei a rir, esperando do lado de fora do consultório, porque tinha acabado de ter uma ideia hilária sobre ele. Mal podia esperar para contar.

Assim que entrei no consultório, disparei: "Você tem três carros, certo?"

Ele confirmou.

"A caminhonete, o sedã e o carro esportivo."

Ele confirmou novamente.

"É seu aparelho psíquico!", falei. Estava muito empolgada. "Veja só, a caminhonete é seu ego, sólido e confiável; o sedã é o superego, porque é a forma com que você quer se mostrar para o mundo — como se fosse alguém poderoso e impressionante; e seu carro esportivo é o id — é seu id porque é irrepreensível, rápido, perigoso e, talvez, até mesmo um pouquinho proibido." Sorri para ele. "Ele é novo, não é? O carro esportivo?"

Desta vez ele não esboçou resposta.

"Você não acha incrível?", perguntei a ele, "que você tenha escolhido carros que condizem com seu aparelho psíquico?"

Ele não disse nada.

Foi logo depois disso que ele começou a me atormentar para trocar a terapia pela psicanálise.

"Do jeito que estamos não estamos chegando a lugar nenhum", ele dizia. "Eu acho que a psicanálise seria uma alternativa melhor."

"De que maneira seria diferente?", eu queria saber.

"Não estamos chegando a lugar nenhum", ele dizia novamente.

Algumas semanas depois, ele mudou de tática.

"Você é a única pessoa deste hospital que poderia tolerar um tratamento psicanalítico", ele disse.

"Ah, é? Por quê?", eu não acreditava nesse discurso, mas estava intrigada.

"Para poder fazer análise, é preciso ter uma personalidade razoavelmente bem-integrada."

Voltei para minha ala enlevada com a ideia de ter uma personalidade razoavelmente bem-integrada. Contudo, não disse a ninguém; isso seria contar vantagem.

Além do mais, se eu dissesse a Lisa: "Tenho uma personalidade razoavelmente bem-integrada, por isso vou começar a fazer análise com o Melvin", ela faria sons de vômito e diria: "Imbecis! Eles dizem qualquer coisa para agradar!", e eu não iniciaria minha análise só por causa disso.

Mas decidi guardar a informação comigo. Sentia-me lisonjeada — ele me conhecia o suficiente para saber o quanto eu necessitava de elogios — e, com gratidão, aceitei a ideia.

Agora minha visão era a de uma parede off-white, sem detalhes. Sem árvores, sem Melvin olhando para mim pacientemente enquanto eu desviava os olhos. Ainda assim, podia sentir a presença dele, e ela era fria e severa. As únicas coisas que ele dizia eram "Sim?" e "Você pode falar mais sobre isso?". Se eu dissesse: "Odeio olhar pra essa porra de parede", ele diria "Você pode falar mais sobre isso?". Se eu dissesse: "Odeio essa merda de análise", ele diria "Sim?".

Uma vez eu perguntei a ele: "Por que você está tão diferente? Você costumava ser meu amigo."

"Você pode falar mais sobre isso?"

Comecei minha análise em novembro, quando eu ainda estava no grupo. Cinco vezes por semana, eu me juntava a uma horda de pacientes que eram encaminhados para os médicos por uma enfermeira. A maioria dos consultórios ficava no prédio administrativo, do lado oposto da ala de segurança máxima. Então estar no grupo era como estar em uma rota inconveniente de ônibus. Eu reclamei. Por isso consegui privilégios de destino.

Agora minha hora começava com uma ligação para a estação das enfermeiras com a finalidade de anunciar que havia chegado ao consultório de Melvin. E terminava com uma ligação para dizer que eu estava partindo.

Melvin não gostava desse esquema. Ele sempre fazia caretas quando eu estava no telefone. Ele o mantinha próximo de si, na escrivaninha. Eu precisava pedir que o empurrasse na minha direção, todos os dias.

Talvez ele tenha reclamado sobre a situação, porque logo consegui privilégios totais — eu podia ir a qualquer lugar, desde que fosse durante o horário de terapia, mas tudo bem. No caso de outras atividades, eu continuava com o grupo.

Se não me engano foi em dezembro, em um dia em que me juntei a Georgina e às outras no caminho do refeitório para o jantar, que descobri os túneis.

Dizemos que Colombo descobriu a América e Isaac Newton descobriu a gravidade, como se essas duas coisas não existissem antes de terem sido descobertas. Foi exatamente assim que me senti quando achei os túneis. Eles não eram novidade para ninguém, mas me impressionaram de tal maneira que de certa forma senti como se os tivesse conjurado eu mesma.

Era um típico dia de dezembro em Boston: nuvens prateadas cuspindo uma garoa fina misturada com flocos de neve úmidos e um vento forte o suficiente para te fazer estremecer.

"Vamos pelos túneis", disse a enfermeira.

Atravessamos as portas duplas de trava dupla e descemos as escadas como de costume — nossa ala ficava no segundo andar por motivos de segurança. Havia muitas portas no corredor, uma das quais levava para fora. A enfermeira, contudo, abriu uma segunda porta, e descemos outro lance de escadas. Foi então que chegamos nos túneis.

Primeiro, fui arrebatada pelo cheiro maravilhoso: recendiam a roupa lavada, limpa, quente e levemente eletrificada, como se tivesse sido passada a ferro. Então a temperatura: no mínimo 27 graus, e isso quando estava um grau positivo lá fora, mais provavelmente menos cinco graus de sensação térmica (embora esse termo ainda não fosse utilizado nos anos 1960). Além disso, havia uma trêmula luz amarela, longas paredes de azulejo amarelo e teto abobadado, todas as suas bifurcações, encruzilhadas e caminhos nunca cruzados, cujas aberturas amareladas seduziam como bocas abertas e cheias de luz. Aqui e acolá, em azulejos brancos encrustados no azulejo amarelo, havia placas: REFEITÓRIO, ADMINISTRAÇÃO, ALA LESTE.

"Isso é demais", falei.

"Você nunca tinha descido aqui?", Georgina perguntou.

Perguntei à enfermeira: "Esses túneis percorrem todo o hospital?".

"Sim", ela disse. "Dá para ir a qualquer lugar. Contudo, também é bem fácil acabar se perdendo."

"Mas e as placas?"

"Não há placas suficientes", ela riu. Era uma enfermeira legal, chamada Ruth. "Este aqui, por exemplo, diz ALA LESTE", ela apontou, "mas depois dele chegamos a uma bifurcação e não há outra placa."

"E aí o que você faz?"

"Você simplesmente tem que saber o caminho", ela disse.

"Eu posso descer aqui sozinha?", perguntei. Mas não fiquei nem um pouco surpresa quando Ruth me disse que não poderia.

Os túneis se tornaram minha obsessão.

"Tem alguém livre pra me levar pra andar pelos túneis?", eu perguntava todos os dias. Pelo menos uma vez por semana alguém topava.

E lá estavam eles, sempre quentes, limpos, amarelos e cheios de promessas, sempre pulsando de calor, com canos d'água que cantavam e assobiavam conforme faziam seu trabalho. Tudo ali se interconectava, tudo funcionava no seu próprio caminho — independente de qual fosse.

"É como estar em um mapa — não ler um mapa, mas estar dentro dele", eu disse para Ruth um dia, quando me levou lá embaixo. "Como se fosse o plano de algo, em vez da coisa em si." Ela não respondeu, então achei que eu deveria me calar sobre isso, mas não consegui. "É como se a essência do hospital estivesse bem aqui... Você entende o que quero dizer?"

"Bom, o tempo acabou", disse Ruth. "Tenho ronda em dez minutos."

Em fevereiro, perguntei a Melvin: "Você conhece os túneis?".

"Poderia falar mais sobre eles?"

Ele não os conhecia. Se soubesse sobre eles, teria dito: "Sim?".

"Há túneis correndo sob todo o hospital. Tudo aqui é conectado por túneis. Você pode entrar neles e ir a qualquer lugar. Lá é quente, aconchegante e silencioso."

"Um útero", disse Melvin.

"Não é como um útero", falei.

"Sim."

Quando Melvin dizia *sim*, sem entonação de pergunta, geralmente significava *não*.

"É o oposto de um útero", eu disse. "Em um útero não se vai a lugar nenhum." Concentrei-me arduamente para conseguir explicar a Melvin como funcionavam os túneis. "É o hospital que é o útero, entende? Você não consegue ir a lugar algum, é barulhento e você está preso. Os túneis são como o hospital, mas sem as partes incômodas."

Ele não disse nada e eu também me calei. Então tive outra ideia.

"Você se lembra das sombras nas paredes da caverna de Platão?"

"Sim."

Pelo jeito, ele não se lembrava.

"Platão disse que tudo no mundo é apenas a sombra de algo real que não conseguimos ver. E a coisa real não é como a sombra, é algo relacionado à essência, como uma...". Por um minuto, não consegui encontrar a palavra. "Como uma supermesa de atividades."

"Você pode falar mais sobre isso?"

A supermesa de atividades não tinha sido um bom exemplo. "É como uma neurose", falei. Agora eu estava simplesmente inventando. "Como quando você está com raiva, e isso é a coisa real, mas o que realmente aparece no exterior é que você tem fobia de ser mordido por cães. Porque, na realidade, o que você realmente quer fazer é sair por aí mordendo todo mundo. Entendeu?"

Agora que havia dito tudo isso, de repente esse discurso me pareceu razoavelmente convincente.

"Por que você está com raiva?", perguntou Melvin.

Ele morreu jovem, de um derrame. Fui sua primeira analisanda; descobri isso logo depois de parar com a análise, um ano depois de deixar o hospital. Estava cheia dessa brincadeira de vasculhar as sombras.

# ESTIGMATOGRAFIA

O endereço do hospital era rua Mill, número 115. Era importante ter um endereço, pois isso podia fornecer uma espécie de disfarce caso uma de nós se sentisse bem o suficiente para se candidatar a um emprego enquanto ainda estivesse encarcerada. Devia ser tão eficiente quanto dizer que seu endereço era na avenida Pennsylvania, número 1600.

"Vamos ver aqui... Dezenove anos, residente na avenida Pennsylvania, número 1600... Ei! Esse é o endereço da Casa Branca!"

Esse era o tipo de olhar que recebíamos dos empregadores em potencial, embora com o contrário da satisfação.

Em Massachusetts, a rua Mill, número 115 é um endereço famoso. Candidatar-se a um emprego, alugar um apartamento, tirar uma habilitação de motorista: tudo isso era extremamente problemático. O formulário da carteira de motorista, inclusive, perguntava: "Você já foi hospitalizado em razão de doença mental?". "Oh, não! Eu simplesmente era tão apaixonada por Belmont que decidi me mudar para a rua Mill, 115!"

"Você tá morando na rua Mill, 115?", perguntou uma pessoa pequena, encardida, que administrava um armarinho na Harvard Square, lugar onde eu estava tentando conseguir um emprego.

"Uhum."

"E há quanto tempo você está lá?"

"Ah, um tempinho", fiz um gesto displicente com a mão.

"E faz tempo que você não trabalha?", ele se inclinou para trás, divertindo-se com a cena.

"Faz", falei. "Passei um tempo pensando na vida."

Claro que não consegui o emprego.

Ao sair da loja, meu olhar encontrou o dele, e seus olhos revelavam tamanha intimidade que fiquei constrangida. "Eu sei o que você é", era o que me diziam.

O que será que éramos, para que as pessoas fizessem um juízo tão rápido de nós? Por que achavam que nos conheciam tão bem?

Provavelmente, agora éramos pessoas melhores do que costumávamos ser, antes de sermos internadas no hospital. Mais velhas e autoconscientes, no mínimo. Muitas de nós havíamos passado nossos anos de internação gritando e causando problemas, e agora estávamos prontas para seguir adiante para outro lugar. Por outro lado, todas nós tínhamos aprendido, por falta de opção, a dar valor à liberdade, e faríamos de tudo para conquistá-la.

A pergunta era: "O que podíamos fazer?".

Será que conseguiríamos acordar cedo todas as manhãs, tomar um banho, vestir umas roupas e ir trabalhar? Conseguiríamos raciocinar direito? Conseguiríamos evitar falar insanidades quando tais pensamentos nos ocorressem?

Algumas de nós conseguiriam — outras não. Contudo, aos olhos do mundo, de qualquer forma, todas nós estávamos corrompidas.

Sempre há um toque de fascinação em meio à repulsa: "Será que isso também poderia acontecer comigo?". Quanto menos provável que essa coisa terrível aconteça, menos nos assusta observá-la ou imaginá-la. Uma pessoa que não fala sozinha ou fica parada olhando para o nada é, portanto, menos amedrontadora que alguém que faz tudo isso. Alguém que se comporta "normalmente" sempre pensa a seguinte questão: "Qual é a diferença entre essa pessoa e eu?", o que, inevitavelmente, acaba levando à pergunta: "O que está me mantendo fora do hospício?". Todos esses questionamentos são a razão pela qual o estigma é útil para a sociedade.

Algumas pessoas se assustam mais do que outras.

"Você passou quase dois anos num hospício! Por que é que foi parar lá? Não consigo acreditar nisso!". Tradução: "Se você é louca, eu também posso ser louco, mas sei que não sou, então essa coisa toda só pode ser um erro".

"Você passou dois anos num manicômio? Qual era o seu problema?" Tradução: "Preciso saber os detalhes da sua loucura para me tranquilizar sobre minha própria sanidade."

"Você passou cerca de dois anos em um sanatório? Hum... E quando foi isso exatamente?". Tradução: "Sua loucura ainda é contagiosa?".

Parei de responder às pessoas. Não havia vantagem nenhuma em contar. Quanto menos eu falava sobre isso, mais longe eu chegava, até que aquela parte de mim que esteve internada se tornou um pequeno borrão, e a parte de mim que não mencionava esse pedaço da minha vida tornou-se grande, forte e ocupada.

Também passei a sentir repulsa. Eu simplesmente tinha um radar para detectar pessoas malucas e queria manter distância delas. Ainda quero. Não consigo produzir respostas tranquilizadoras para todas as perguntas terríveis que elas suscitam.

Não me perguntem sobre essas questões! Não me pergunte o significado da vida ou como percebemos a realidade ou por que temos que sofrer tanto. Não fale comigo sobre como nada parece real, como tudo parece estar recoberto por uma camada de gelatina, brilhando feito óleo sob o sol. Eu não quero ouvir sobre o tigre no canto ou o Anjo da Morte ou as chamadas telefônicas que você recebe de João Batista. Não quero, pois talvez ele decida me fazer uma ligação também. Mas dessa vez eu não vou atender ao telefone.

Se eu, que era repugnante, agora estou tão distante da minha própria loucura, o quão distante está você, que nunca esteve no meu lugar? Qual é a imensidão da sua repulsa?

4 de setembro de 1968

Companhia Telefônica da Nova Inglaterra
Rua Franklin, 165
Boston, Massachusetts

<u>            Re: Susanna N. Kaysen
                Rua Callender, ▓
                Cambridge, Massachusetts</u>

Senhores,

    Envio esta para informá-los de que a senhorita Susanna N. Kaysen tem sido minha paciente psiquiátrica desde 27 de abril de 1967. Ela deixará o hospital em breve e então passará a residir no endereço referido. Acredito ser importante para o bem-estar físico e mental da senhorita Kaysen que tenhamos acesso fácil via contato telefônico. Sendo assim, solicito encarecidamente o máximo de assistência possível para garantir que ela consiga uma linha própria o quanto antes.
    Entendo que este seja um momento difícil para a companhia devido à greve recente, mas me alegro em saber que, apesar de tudo, as coisas tenham se acertado. Desejo expressar novamente minha gratidão por tudo que possa ser feito para ajudar a senhorita Kaysen.

                           Atenciosamente,

▓/mc             Dr.
                    Psiquiatra responsável, SB II

10 de julho de 1973



Departamento de Registros
Rua Spring, 40
Watertown, Massachusetts, 02172

Caro senhor,

A sra. Susanna (Kaysen) Wylie esteve internada
no Hospital McLean de 27 de abril de 1967 até 4
de outubro de 1968. Posteriormente, casou-se e
empregou-se. No tempo de sua alta do hospital, em
3 de janeiro de 1969, não havia razão alguma para
impedir que dirigisse veículos motorizados.

Caso tenha outros questionamentos, por favor,
entre em contato.


Atenciosamente,


Dr. ███████████
███/jbw

cc Susanna Wylie

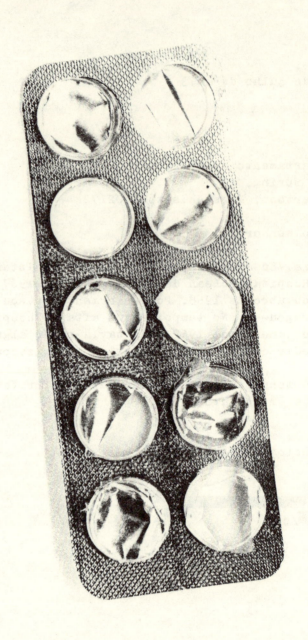

# EXPLORANDO NOVAS FRONTEIRAS DA SAÚDE BUCAL

Minha sentença de um ano e meio de prisão estava chegando ao fim e era hora de planejar meu futuro. Eu estava beirando os 20 anos de idade.

Havia tido dois trabalhos na minha vida: o último, três meses vendendo aparatos de cozinha, que eu geralmente deixava cair e quebrar; e o primeiro, uma semana trabalhando como datilógrafa no departamento de cobranças de Harvard, aterrorizando estudantes ao enviá-los mensalidades de 10,9 mil dólares que eram, na verdade, 1,9 mil.

Eu cometia esses erros crassos porque tinha pavor do supervisor. Ele era um homem negro, atraente e elegante, que passava o dia inteiro caminhando entre as fileiras de datilógrafas, observando-nos trabalhar. Sempre fumava enquanto fazia isso. Uma vez também acendi um cigarro e ele veio para cima de mim.

"Você não pode fumar", ele disse.

"Mas você está fumando."

"Quem trabalha com datilografia está proibido de fumar."

Olhei ao redor do escritório. Todas as pessoas que trabalhavam com datilografia eram mulheres; todos os supervisores eram homens. Todos os supervisores estavam fumando; nenhuma das datilógrafas estava.

Quando chegava o intervalo, às 10h15, o banheiro se entupia de datilógrafas fumantes.

"Não podemos fumar no corredor?", perguntei. Tinha um cinzeiro do lado de fora do banheiro.

Mas por algum motivo não podíamos. Só podíamos fumar no banheiro. O outro problema eram as roupas.

"Nada de minissaias", disse o supervisor.

Isso me botava em uma saia justa, pois era a única peça que compunha meu guarda-roupa, e eu nem poderia comprar novas roupas, uma vez que ainda não tinha recebido meu primeiro salário. "Por quê?", perguntei.

"Nada de minissaias", ele simplesmente repetiu.

A proibição dos cigarros foi na segunda-feira, a das minissaias foi na terça. Quarta-feira eu fui para o trabalho usando uma minissaia e meias-calças pretas e simplesmente torci pelo melhor.

"Nada de minissaias", ele disse.

Eu corri para o banheiro para fumar um cigarro.

"É proibido fumar fora do intervalo", ele murmurou conforme passou pela minha escrivaninha logo depois.

Foi quando comecei a cometer meus erros nos valores das mensalidades.

Na quinta-feira, ele me chamou para sentar à escrivaninha dele, enquanto me observava do outro lado, fumando.

"Você está cometendo alguns erros", ele disse. "Não podemos tolerar isso."

"Se eu pudesse fumar", respondi, "isso não aconteceria."

Ele simplesmente sacudiu a cabeça em negativa.

Na sexta-feira eu não apareci. Também não liguei. Fiquei deitada na minha cama, fumando e pensando no escritório. Quanto mais eu pensava, mais absurdas as coisas pareciam ficar. Não dava para levar aquelas regras a sério. Comecei a rir, pensando nas datilógrafas que se espremiam no banheiro minúsculo só para poder fumar.

Mas aquele era meu trabalho. Não apenas isso — eu parecia ser a única pessoa que não conseguia lidar com a imposição de regras. Todo o resto as aceitava normalmente.

Seria isso uma marca da minha loucura?

Passei o fim de semana todo refletindo sobre isso. Será que eu estava louca ou será que eu estava certa? Em 1967 essa era uma questão difícil de responder. Vinte e cinco anos depois, continuava sendo.

Sexismo! Era sexismo puro. Não podia ser essa a resposta?

Porque era verdade — era sexismo. Mas, confesso, ainda reluto em obedecer a regras relacionadas aos fumantes. Hoje sofremos de "tabagismofobia". É uma das razões pelas quais escolhi o ofício de escritora: quero poder fumar em paz.

"Escrever", eu disse, quando a assistente social perguntou o que eu planejava fazer quando saísse do hospital. "Eu vou ser escritora."

"É um hobby muito interessante, mas como você pensa em ganhar a vida?"

Não gostávamos uma da outra — a assistente social e eu. Eu não gostava dela porque ela não entendia que essa era *eu* e que eu seria uma escritora de qualquer maneira; eu não continuaria datilografando cobranças ou vendendo pratos feitos para gratinar ou qualquer outra idiotice. Ela não gostava de mim porque eu era arrogante, pouco cooperativa e, ainda por cima, bem louca, pois continuava insistindo nessa ideia de ser escritora.

"Que tal trabalhar com prótese dentária?", ela disse. "É uma possibilidade ótima. O curso técnico tem duração de apenas um ano. Tenho certeza de que você conseguiria dar conta de todas as responsabilidades."

"Você não está entendendo", falei.

"Não, *você* não está entendendo", ela retrucou.

"Eu odeio dentistas."

"É um trabalho bom e digno. Você precisa ser realista."

"Valerie", eu disse, quando voltei para a minha ala, "ela quer que eu trabalhe como protética. É impossível."

"Ah, é?" Valerie também parecia confusa. "Bom, não é ruim. É um trabalho bom e digno..."

Felizmente, logo recebi uma proposta de casamento e permitiram que eu deixasse o hospital. Em 1968, todos respeitavam um pedido de casamento.

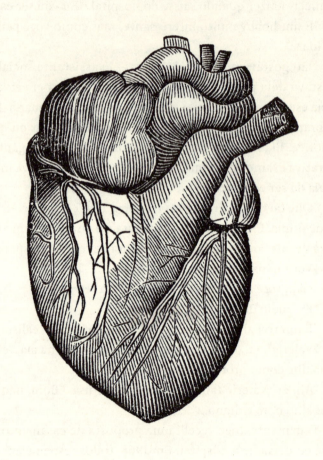

# TOPOGRAFIA DO FUTURO

Natal em Cambridge. Os alunos da Harvard de Nova York e do Oregon tinham trocado de lugar com os alunos da Columbia e da Reed de Cambridge para cursar cadeiras de música nas férias.

O irmão de um amigo meu que viria a sofrer uma morte violenta — da qual sequer desconfiávamos, pois ainda levaria dois anos para acontecer — foi quem me levou ao cinema onde conheci meu futuro marido. Nosso casamento também aconteceria nos dois anos subsequentes.

Encontramo-nos na frente do Cinema Brattle. *O Boulevard do Crime* estava em cartaz. No ar seco e claro de dezembro, Cambridge parecia paradisíaca, lotada de luzes, de transeuntes fazendo compras de Natal e de uma neve fina e seca. Ela caía no belo cabelo loiro do meu futuro marido. Tinham cursado o ensino médio juntos, ele e o irmão do meu amigo fadado à morte. Tinha vindo de Reed passar as férias de Natal em casa.

Fiquei sentada entre eles, no balcão, onde era permitido fumar. Bem antes de o filme mostrar Baptiste perder Garance na multidão, meu futuro marido já tinha segurado minha mão entre as dele. Ele continuou segurando-a quando saímos do cinema, e o irmão da minha amiga, com muito tato, nos deixou sozinhos, entre os redemoinhos de neve, na noite de Cambridge.

Ele simplesmente não me soltava. Sentíamo-nos contagiados pelo filme, e Cambridge estava belíssima naquela noite, cheia de possibilidades e de vida. Passamos a noite juntos, em um apartamento emprestado de um amigo.

Ele voltou para Reed; eu voltei a vender espremedores de alho e assadeiras de bolo. Então o futuro se fechou sobre mim e me esqueci dele.

Mas o contrário não aconteceu. Quando se formou naquela primavera e voltou para Cambridge, ele procurou por mim no hospital. Ele iria para Paris no verão, disse, mas me mandaria cartas. "Não vou me esquecer de escrever", reafirmou.

Não prestei atenção. Ele vivia em um mundo em que o futuro existia — eu não tinha isso.

Quando voltou de Paris, as coisas iam mal para mim: Torrey tinha partido, eu tinha passado por aquela angústia sobre ter ou não ossos, preocupava-me sobre quanto tempo de vida tinha perdido na cadeira do dentista... Eu não queria vê-lo. Disse à equipe que eu estava muito perturbada.

"É impossível! Estou muito perturbada."

Em vez de vir me visitar, topei falar pelo telefone. Ele estava se mudando para Ann Arbor. Por mim, tudo bem.

Ele não gostou de morar lá. Oito meses depois, estava de volta, querendo me visitar de novo.

Dessa vez as coisas não estavam tão ruins assim. Eu tinha muitos privilégios. Então fomos ao cinema, preparamos jantares no apartamento dele, assistimos à contagem dos mortos do dia no noticiário das 19h. Às 23h30, pontualmente, eu chamava o táxi e voltava para o hospital.

Mais tarde naquele verão, o corpo do meu amigo foi encontrado no poço de um elevador. Fazia muito calor, por isso o cadáver estava parcialmente decomposto. Foi ali que o futuro dele encontrou seu fim: no porão de um edifício, em um dia quente.

Em uma noite de setembro, voltei cedo para o hospital, antes das 23h. Lisa estava sentada com Georgina no nosso quarto.

"Fui pedida em casamento esta noite", falei.

"E o que você respondeu?", Georgina perguntou.

"Fui pedida em casamento", repeti. Da segunda vez que disse a frase em voz alta, fiquei ainda mais surpresa com ela.

"E o que você respondeu?", Georgina insistiu. "E o que você respondeu a ele?"

"Eu disse que sim", falei.

"Você quer se casar com ele?", Lisa perguntou.

"Claro", eu respondi. Contudo, não estava completamente certa disso.

"E depois?", perguntou Georgina.

"Como assim?"

"O que vai acontecer depois que vocês se casarem?"

"Não sei", respondi, "ainda não pensei nisso."

"Então é melhor pensar", disse Lisa.

Tentei fazer isso. Fechei meus olhos e nos imaginei na cozinha, fatiando, mexendo, preparando. Pensei no funeral do meu amigo. Pensei em nós dois no cinema.

"Nada", falei. "Tudo parece tão tranquilo. É como se... Não sei. Como cair de um penhasco." Eu ri. "Acho que minha vida vai simplesmente parar quando eu me casar."

Mas não parou. E também não foi nem um pouco tranquilo. E, no fim de tudo, eu o perdi. Fiz isso de propósito, exatamente como Garance perde Baptiste no meio da multidão. Eu senti que precisava ficar sozinha. Eu queria estar só rumo ao meu futuro.

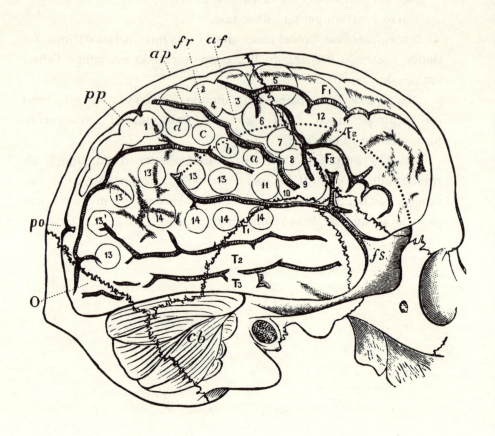

# MENTE X CÉREBRO

Independentemente do nome com que escolhemos nomeá-la — mente, personalidade, alma —, gostamos de acreditar que possuímos algo mais importante que a soma de nossos neurônios, algo que nos move.

Ao longo do tempo, contudo, descobrimos que boa parte da mente é, na verdade, o cérebro. A memória, por exemplo, é um padrão de mudanças celulares específicas em lugares específicos das nossas cabeças. O humor nada mais é que uma conjunção de neurotransmissores. Se existir acetilcolina demais e serotonina de menos, você entra em um quadro depressivo.

Então o que resta da mente?

Entre não ter serotonina suficiente e passar a acreditar que o mundo é um lugar "estéril, sem graça e inútil", há um longo caminho; contudo, seria um caminho ainda mais longo escrever uma peça sobre um homem obcecado por tal pensamento. No meio dessas duas coisas, sobra muito espaço para a mente. Há alguma coisa interpretando os ruídos da atividade neurológica.

Mas esse intérprete é metafísico ou incorpóreo? Será que não é provavelmente um número — um número gigantesco — de funções cerebrais trabalhando paralelamente? Se toda a rede de minúsculas ações simultâneas que constituem um pensamento fosse identificada e mapeada, então, sim, a mente poderia se tornar visível.

O intérprete, entretanto, já está convencido de que ela é invisível e impossível de ser mapeada. "Eu sou sua mente", ele clama. "Você não pode *me* resumir a ramificações neuronais e sinapses."

Está cheio de reivindicações e cheio de razão. "Você está um pouquinho deprimida, mas é por causa de todo o estresse do trabalho", ele alega. (Mas ele nunca diz: "Você está um pouquinho deprimida porque seus níveis de serotonina caíram".)

Às vezes suas interpretações não são críveis, como quando você corta seu dedo e ele começa a berrar: "Meu Deus, você vai morrer!". Outras vezes os argumentos dados são muito duvidosos, como quando ele diz: "Acho que 25 cookies de chocolate seriam o jantar perfeito".

A realidade, geralmente, é que ele não faz a menor ideia do que está falando. E quando você decide que ele está errado, quem ou o que foi responsável por essa decisão? Uma segunda figura, um intérprete em uma posição superior?

E por que seriam só dois? Este é o problema com esse modelo. Ele é infinito. Cada intérprete precisa de um chefe para quem se reportar.

Mas há algo nesse modelo que descreve a essência do que experimentamos como consciência. Lá está o pensamento, e lá está o ato de pensar nos próprios pensamentos, e eles parecem diferentes, pois precisam refletir aspectos divergentes das funções cerebrais.

A questão é: o cérebro conversa consigo mesmo e, ao fazer isso, muda as percepções. Para fazer uma nova versão do não-totalmente--falso modelo, imagine o primeiro intérprete como um correspondente estrangeiro, fazendo uma cobertura sobre o mundo. O mundo, nesse caso, significaria tudo — dentro e fora — dos nossos corpos, incluindo os níveis cerebrais de serotonina. O segundo intérprete é um analista de notícias, um escritor de editoriais. Eles leem os trabalhos um do outro. Um precisa dos dados, o outro de um resumo — por isso, influenciam um ao outro. Um diálogo entre eles seria mais ou menos assim:

PRIMEIRO INTÉRPRETE: Dor no pé esquerdo, parte de trás do calcanhar.
SEGUNDO INTÉRPRETE: Imagino que seja porque o sapato está apertado demais.
PRIMEIRO INTÉRPRETE: Já cheguei essa possibilidade. O sapato foi removido. O pé ainda dói.
SEGUNDO INTÉRPRETE: Você observou o pé?

PRIMEIRO INTÉRPRETE: Estou observando neste exato momento. Está vermelho.

SEGUNDO INTÉRPRETE: Há sinais de sangue?

PRIMEIRO INTÉRPRETE: Não.

SEGUNDO INTÉRPRETE: Então esqueça essa questão.

PRIMEIRO INTÉRPRETE: Certo.

Um minuto depois, contudo, há um novo relatório.

PRIMEIRO INTÉRPRETE: Dor no pé esquerdo, parte de trás do calcanhar.

SEGUNDO INTÉRPRETE: Já estou ciente.

PRIMEIRO INTÉRPRETE: Ainda dói. Agora está inchado.

SEGUNDO INTÉRPRETE: É apenas uma bolha. Esqueça essa questão.

PRIMEIRO INTÉRPRETE: Certo.

Dois minutos depois.

SEGUNDO INTÉRPRETE: Pare de cutucar!

PRIMEIRO INTÉRPRETE: Vou me sentir melhor depois de estourar a bolha.

SEGUNDO INTÉRPRETE: Isso é o que você pensa. É melhor deixar para lá.

PRIMEIRO INTÉRPRETE: Certo, mas ainda está doendo.

A doença mental, contudo, parece ser causada por uma falha de comunicação entre o primeiro e o segundo intérpretes.

Eis a seguir um exemplo de como ela costuma funcionar:

PRIMEIRO INTÉRPRETE: Há um tigre ali no canto.

SEGUNDO INTÉRPRETE: Não, aquilo não é um tigre. É uma escrivaninha.

PRIMEIRO INTÉRPRETE: Não, é um tigre! É um tigre!

SEGUNDO INTÉRPRETE: Não seja ridículo! Venha, vamos lá dar uma olhada.

Então todos os dendritos, neurônios, níveis de serotonina e intérpretes se reúnem e correm para dar uma olhada naquele canto.

Se você não for louco, o argumento do segundo intérprete, "Isto é uma escrivaninha", será perfeitamente aceitável para o primeiro intérprete. Mas se você for louco, a teoria do tigre, do primeiro intérprete, é a que vai prevalecer.

O problema aqui é que o primeiro intérprete realmente vê um tigre. De alguma forma, as mensagens trocadas entre os neurônios estão equivocadas. Ou as reações químicas ativadas estão erradas ou os impulsos encontram conexões inadequadas. Aparentemente, isso acontece com frequência, mas o segundo intérprete está lá para botar ordem nas coisas.

Usemos como metáfora uma estação na qual há dois trens, um ao lado do outro. Sempre que o outro trem se move, você acredita que o seu também está se movendo. A vibração do outro trem parece vir do seu, mas então você vê que é o seu próprio trem que está deixando o outro para trás. Pode levar um tempo — talvez até meio minuto — antes de o segundo intérprete perceber o movimento do primeiro e corrigi-lo. Isso acontece porque é difícil reagir e corrigir automaticamente as impressões sensoriais. Fomos feitos para simplesmente acreditar nelas.

O exemplo do trem não é a mesma coisa que uma ilusão de ótica. Uma ilusão de ótica contém duas realidades. No caso de um vaso com estampas que lembram rostos, por exemplo: não é que o vaso seja a resposta errada e os rostos a resposta certa; ambas estão corretas, e o seu cérebro consegue discernir os dois padrões existentes como duas coisas diferentes. Embora você possa se sentir tonto de tanto mudar de perspectivas, dos rostos para o vaso ou vice-versa, você não consegue perder o seu senso de realidade, como aconteceria na situação do trem.

Por vezes, ao descobrir que seu trem não está realmente se movendo, você consegue passar outro meio minuto suspenso entre dois territórios de consciência: aquele que sabe que você não está se movendo e o que sente que você está. É possível transitar entre essas percepções e experimentar uma espécie de vertigem mental. Se fizer isso, você estará pisando nos territórios da loucura — um lugar onde as falsas percepções têm todas as características da realidade.

Freud dizia que os psicóticos não podiam ser analisados, pois não conseguiam diferenciar realidade de fantasia (o tigre e a escrivaninha), e a psicanálise trabalha precisamente em cima dessa distinção. O paciente precisa descartar os argumentos fantásticos do primeiro intérprete e destrinchá-los com a ajuda do segundo. Espera-se que, através da análise, o segundo intérprete tenha, ou aprenda a ter, a aptidão, a inteligência e o discernimento de refutar algumas das afirmações ridículas que o primeiro intérprete assumiu como reais ao longo dos anos.

Entende agora por que duvidar da própria loucura é um bom sinal? É como uma resposta categórica do segundo intérprete. É como se ele dissesse: "O que está acontecendo? Ele está me dizendo que é um tigre, mas não estou convencido; talvez tenha algo de errado comigo". A dúvida que surge ali é suficiente para nos mantermos com um pé na realidade.

Se não houver dúvida, não existe análise. Se alguém chegar para uma sessão e disser que vê tigres, a essa pessoa será oferecida uma dose de Amplictil, não o divã.

Naquele momento, no qual o psicanalista sugere Amplictil, o que estará acontecendo com o mapa mental que ele traçou como sendo o da doença psíquica? Mais cedo naquele dia, esse mapa estava dividido em superego, ego e id, com todo tipo de linhas difusas, tortas e até mesmo rompidas percorrendo essas três áreas. Até então, o analista estava tratando aquilo que ele chama de psique ou mente. De repente, o analista está se preparando para tratar um cérebro. O cérebro em questão não tem um arranjo parecido com o do aparelho psíquico, e mesmo que tenha, não é ali que está o problema. Este cérebro tem problemas que são químicos e elétricos.

"É a função de verificação da realidade", diria o analista. "Seu cérebro está fora de sintonia com a realidade e, por isso, não posso analisá-lo. Outros cérebros, outras mentes, não estão."

Tem alguma coisa errada aí. Você não pode dizer que uma fruta é uma maçã quando quer comê-la e depois renomear de dente-de-leão quando não quer. É a mesma fruta, não importa quais sejam suas intenções com ela. Como é possível fazer uma distinção tão taxativa entre cérebros que reconhecem a realidade e cérebros que não? Será que um cérebro não sintonizado é assim tão diferente de um sintonizado com a realidade? Isso me parece improvável. Aceitar a versão da realidade, como é concebida, é apenas uma das bilhões de funções exercidas pelo cérebro.

Se os bioquímicos fossem capazes de demonstrar a forma física das neuroses (das fobias, dos quadros depressivos), se conseguissem apontar os impulsos e as reações químicas de conversas intracerebrais e as informações que constituem esses sentimentos, será que os psicanalistas fariam as malas com suas teorias de ego e id e abandonariam o campo do estudo das neuroses?

De certa forma, eles já estão parcialmente aposentados. Depressão, transtorno maníaco-depressivo, esquizofrenia: todas essas doenças mentais hoje são tratadas por vias químicas. "Tome esses dois comprimidos de lítio e não me ligue pela manhã porque simplesmente não há nada a se dizer; seu problema é inato."

Alguns esforços cooperativos — do tipo que o cérebro faz — seriam muito úteis por aqui.

Há mais de um século psicanalistas têm escrito longas matérias sobre países que nunca visitaram. Lugares que, como a China, parecem inacessíveis. Repentinamente, as fronteiras foram abertas, a viagem se torna possível, e agora esses territórios estão cheios de correspondentes estrangeiros; no caso, os neurocientistas, que escrevem mais de dez histórias por semana, cheias de novos dados. Os dois grupos de autores, contudo, parecem nunca ter lido os trabalhos um do outro.

Isso acontece porque os psicanalistas estão escrevendo sobre um país chamado *Mente*, enquanto os neurocientistas estão fazendo relatórios sobre um lugar chamado *Cérebro*.

HOSPITAL MCLEAN                    Página....... F-90

Número: 22 201    Nome: KAYSEN, Susanna

Data:
04/09/1968      RELATÓRIO DE ALTA PSIQUIÁTRICA

                G.  Diagnóstico Oficial:
                    Reação esquizofrênica,
                    tipo paranoide (borderline)
                    - atualmente em remissão.
                    A paciente sofre de persona-
                    lidade passivo-agressiva,
                    do tipo passivo-dependente.


KAYSEN, Susanna N.                              12
Hospital Nº 22201

                RELATÓRIO DE CASO - CONT.

     B. Prognóstico: Como resultado da
hospitalização é esperado que haja a resolução
do quadro depressivo e das ideações suicidas
da paciente. É difícil de prever seu nível de
integração e as funções egoicas que podem ser
alcançadas a longo termo. É possível dizer
que, com terapia intensiva e uma relação
bem-sucedida com o hospital, a paciente possa
atingir meios satisfatórios de adaptação.
Contudo, levando em consideração a cronicidade
da doença e as deficiências com relação à
formação da estrutura da personalidade, não
é esperado que uma recuperação plena aconteça.
Ainda assim, a paciente pode aprender a fazer
escolhas mais sábias para si mesma, dentro dos
limites de sua personalidade, a fim de que possa
atingir uma relação de dependência satisfatória
se necessário, sendo capaz de sustentá-la por
um período mais longo.

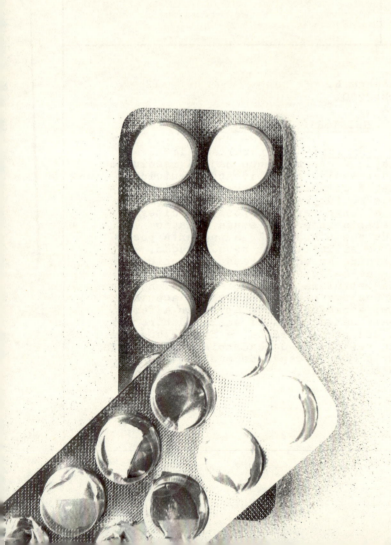

# TRANSTORNO DE PERSONALIDADE BORDERLINE*

A principal característica de alguém que sofre de transtorno de personalidade borderline, ou transtorno de personalidade limítrofe, como também é conhecido, é um padrão dominante de instabilidade relacionada à autoimagem, às relações interpessoais e ao humor. Esse transtorno começa no início da vida e pode se apresentar em diversos contextos.

Uma persistente disfunção da identidade está quase sempre presente. É geralmente dominante e se manifesta por meio de incertezas que têm relação com diversos aspectos da vida, como a autoimagem, a orientação sexual, as decisões de longo prazo, como escolha de carreira, os tipos de amizades e relacionamentos amorosos que se pode ter, e os valores adotados. A pessoa que sofre desse transtorno geralmente vivencia essa instabilidade de autoimagem através de sentimentos crônicos de tédio e vazio.

As relações interpessoais costumam ser instáveis e intensas e podem ser caracterizadas por superidealização ou desvalorização alternadas. Essas pessoas têm dificuldade em ficar sozinhas, por isso fazem esforços frenéticos para evitar o abandono real ou imaginário.

---

\* Extraído do *Manual Diagnóstico e Estatístico de Transtornos Mentais*, 3ª edição revisada (1987), páginas 346-347. (Nota da autora.)

Outra coisa muito comum é a instabilidade afetiva. Ela pode ser evidenciada por meio de oscilações de humor, como transitar facilmente do temperamento basal à depressão, irritabilidade ou ansiedade; tais oscilações podem durar algumas horas ou, muito raramente, alguns dias. Além disso, essas pessoas geralmente têm acessos de raiva inapropriados, incorrendo em demonstrações de fúria ou chegando às vias físicas de fato. Costumam ser impulsivas, particularmente em atividades que podem ser autodestrutivas de alguma forma, como comprar compulsivamente, recorrer ao abuso de substâncias psicoativas, dirigir de maneira imprudente, praticar sexo de maneira promíscua, furtar lojas ou ceder à compulsão alimentar.

Nas formas mais severas do transtorno podem ocorrer ameaças de suicídio, gestos ou comportamentos de automutilação (arranhar os pulsos, por exemplo). Esse comportamento pode servir para manipular outras pessoas, como resultado de raiva intensa ou, até mesmo, para equilibrar sentimentos de torpor ou despersonalização que podem surgir durante períodos de estresse extremo.

**Características secundárias.** Frequentemente, esse transtorno é acompanhado de características de outros transtornos de personalidade, como esquizotípico, histriônico, narcisista ou antissocial. Em muitos casos, mais de um diagnóstico pode ser dado. Com frequência é possível observar certo tipo de antagonismo social e pessimismo com relação ao futuro. A alternância entre dependência e autoafirmação também é muito comum. Nas situações de extremo estresse é possível ocorrerem sintomas psicóticos passageiros, mas estes não costumam ser graves ou duradouros o suficiente para requisitar diagnósticos adicionais.

**Deficiência.** É muito comum verificar uma interferência considerável no funcionamento social ou ocupacional.

**Complicações.** As possíveis complicações incluem distimia (neurose depressiva), depressão severa, abuso de substâncias psicoativas, e transtornos psicóticos como psicose reativa breve. Também pode ocorrer morte prematura por suicídio.

**Fator quanto ao gênero.** Esse transtorno é mais comumente diagnosticado em mulheres.

**Prevalência.** O transtorno de personalidade limítrofe (borderline) é aparentemente comum.

**Predisposição genética.** Não há informações.

**Diferenciação do diagnóstico.** O transtorno dissociativo de identidade apresenta um quadro clínico semelhante, porém, o diagnóstico do transtorno de personalidade borderline será prioritário se os critérios para diagnóstico forem seguidos de maneira apropriada e se o transtorno for suficientemente persistente, havendo pouca probabilidade de se limitar à fase de desenvolvimento.

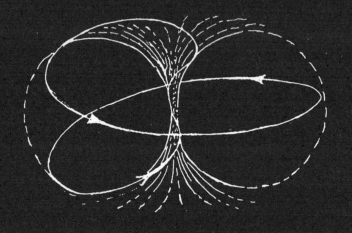

# MEU DIAGNÓSTICO

Foram essas as acusações levantadas contra mim. Contudo, só tomei conhecimento delas ao ler sobre o assunto 25 anos depois. "Você foi diagnosticada com um transtorno de personalidade" foi a única coisa que me disseram na época.

Precisei contratar um advogado para me ajudar a conseguir meus arquivos do hospital. Tive de ler a 32ª linha do formulário A1 do Registro de Caso, a seção G do Relatório de Alta Psiquiátrica e a entrada B, da parte IV, relacionada ao Relatório de Caso. Depois, localizei uma cópia do livro *Manual Diagnóstico e Estatístico de Transtornos Mentais* e procurei todas as informações que pude encontrar sobre transtorno de personalidade borderline para descobrir o que aquelas pessoas pensavam de mim.

Achei que a definição do livro traça um retrato muito acurado de mim aos 18 anos, exceto pela compulsão alimentar e dirigir de forma imprudente. É uma descrição fiel, mas muito superficial. Claro, a intenção não é se aprofundar no assunto. Não é sequer um estudo de caso. São apenas diretrizes, generalizações.

Sinto-me tentada a refutá-las, mas se fizesse isso eu seria acusada de estar usando meus mecanismos de defesa, de estar mostrando "resistência".

Tudo que *eu* posso fazer é trazer para um viés mais particular, mais detalhado: fazer minha versão de um diagnóstico comentado.

"[...] incertezas que têm relação com diversos aspectos da vida, como a autoimagem, a orientação sexual, as decisões de longo prazo — como escolha de carreira, os tipos de amizades e relacionamentos amorosos que se pode ter [...]." Eu acho esse último trecho delicioso. A construção deselegante (o uso do "que se pode ter" é supérfluo) traz peso e substância à frase. Ainda sinto essa incerteza. Será que este é o tipo de amigo ou amante que quero ter? Sempre me questiono isso quando conheço alguém novo. "Charmoso, mas fútil"; "De bom coração, mas convencional demais"; "Bonito demais"; "Fascinante, mas provavelmente nada confiável"; e assim por diante. Acho que já tive minha cota de relacionamentos com homens pouco confiáveis. Talvez até mais do que a minha cota? E de quanto ela seria?

Será que atinjo minha cota mais facilmente que outras pessoas? Alguém que nunca tenha sido diagnosticado como borderline?

Acho que esse é o nó da questão.

Se o meu diagnóstico tivesse sido o de transtorno bipolar, por exemplo, a reação a mim e a essa história teria sido levemente diferente. "Esse é um problema químico", você diria, "depressão-maníaca, lítio, todas essas coisas." De alguma forma, não seria minha culpa. Mas e se fosse esquizofrenia? Nossa, aí você sentiria um arrepio na espinha. Esquizofrenia é insanidade real. As pessoas não se recuperam dela. Você teria que ficar se perguntando o tempo todo o quanto do que estou te contando aqui é real e o quanto é imaginário.

Estou simplificando demais, eu sei. Mas essas palavras contaminam tudo. O fato de eu ter sido internada contamina tudo.

O que é, de fato, o *transtorno de personalidade borderline*?

Parece ser o meio do caminho entre a neurose e a psicose: uma psique fraturada, mas não desorganizada. Parafraseando Melvin, meu antigo psiquiatra: "É o nome que escolhem dar para as pessoas cujos estilos de vida incomodam os outros".

Ele é médico, então pode dizer isso. Agora, se fosse eu que o fizesse, ninguém acreditaria em mim.

Certa vez, um psicanalista que conheço há muitos anos disse: "Freud e seu círculo de analistas acreditavam que a maioria das pessoas era histérica e neurótica. Depois, nos anos 1950, todos eram psiconeuróticos. Agora, nos últimos tempos, todo mundo sofre de transtorno de personalidade borderline."

Quando fui até a livraria procurar meu diagnóstico no manual, ocorreu-me que talvez eu não encontrasse mais aquelas informações ali. Eles descartam certas coisas ao longo dos anos. A homossexualidade, por exemplo, foi uma delas. Até pouco tempo atrás, muitos dos meus amigos, apenas por conta de suas orientações sexuais, estariam documentados naquele livro ao meu lado, como doentes. Bom, mas eles saíram do livro e eu ainda estou lá. Quem sabe nos próximos 25 anos?

"[...] de incertezas que têm relação com diversos aspectos da vida, como a autoimagem, a orientação sexual, as decisões de longo prazo — como escolha de carreira..." Essa não é a descrição perfeita de um adolescente? Temperamental, volúvel, instável, inseguro... Em suma, impossível de lidar.

"[...] comportamentos de automutilação (arranhar os pulsos, por exemplo.) [...]." Decidi adiantar um pouco o texto. Essa parte realmente me pegou de surpresa quando me sentei no chão da livraria para ler meu diagnóstico. Arranhar os pulsos! Eu sinceramente achava que tivesse inventado isso. Bater os pulsos, para ser mais precisa.

É aqui que as pessoas param de acompanhar meu raciocínio. É por esse tipo de coisa — comportamentos de automutilação — que as pessoas costumam ser trancafiadas em manicômios. Mas ninguém nunca soube que eu fazia isso. Nunca contei a ninguém, até agora.

Eu tinha uma cadeira borboleta. Nos anos 1960, todo mundo em Cambridge tinha. As bordas de metal que se curvavam para cima, em contraste com o assento côncavo, eram o lugar perfeito para bater os pulsos. Eu já tinha tentado quebrar cinzeiros e andar por cima dos cacos, mas não tinha coragem de pisar firme. Bater os pulsos — lenta, rítmica e irracionalmente — era uma solução melhor. Era uma forma de me machucar de maneira acumulativa, então as batidas eram suportáveis.

Uma solução para o quê? Vou citar diretamente o manual: "[...] equilibrar sentimentos de torpor ou despersonalização que podem surgir durante períodos de estresse extremo".

Eu passava *horas* batendo meus pulsos na cadeira borboleta. Fazia durante a noite, como um compromisso inadiável. Eu fazia a lição de casa, depois passava meia hora batendo os pulsos; então parava, terminava a tarefa e voltava para a cadeira para me machucar mais antes de escovar os dentes e ir para a cama. Eu batia sempre na parte de dentro, onde as veias convergem. Sempre inchava e ficava meio azulado, mas considerando a força e o tempo que eu passava batendo aquela região, o dano visível era mínimo. Outra razão pela qual eu gostava tanto de fazer isso.

Anteriormente, passei por um período em que eu arranhava o meu rosto. Se minhas unhas não fossem tão curtas, eu não teria conseguido que isso passasse despercebido. Mas mesmo sendo curtas como eram, minha face ficava inchada e estranha no dia seguinte. Eu arranhava as bochechas e depois esfregava o sabonete nelas. Algo em mim achava que isso as impedia de parecer pior. Mas ficavam marcadas o suficiente para que as pessoas perguntassem: "Aconteceu alguma coisa com seu rosto?". Então precisei mudar de tática e bater os pulsos.

Eu me sentia como um penitente vestindo uma túnica de cilício. Parte da razão para fazê-lo era que ninguém descobrisse o meu sofrimento. Se as pessoas soubessem e se admirassem — ou então me abominassem —, algo muito importante seria perdido.

Eu tentava explicar a situação para mim mesma. Eu estava sofrendo e ninguém sabia. Eu mesma tinha dificuldade de perceber isso, o que me machucava. Então constantemente repetia para mim mesma: "Você está sofrendo". Essa era a única forma de me conectar comigo mesma ("equilibrar sentimentos de torpor"). Ao me ferir, eu estava demonstrando, externa e irrefutavelmente, uma condição interior.

"Com frequência é possível observar certo tipo de antagonismo social e pessimismo com relação ao futuro." O que você acha que "antagonismo social" quer dizer? Apoiar os cotovelos na mesa durante as refeições? Recusar-me a trabalhar com próteses dentárias? Desapontar meus pais sobre estudar em uma faculdade de primeira linha?

O tal "antagonismo social" não é bem definido e nem eu sou capaz de dar-lhe uma definição, então acho que deveríamos excluir essa característica da lista. Contudo, vou aceitar o "pessimismo com relação ao futuro". Freud também sofria disso.

Posso dizer honestamente que, ao longo dos anos, meu sofrimento se transformou em infelicidade comum, então, segundo Freud, posso afirmar ter atingido a saúde mental. Além disso, na linha 41 do formulário da minha alta hospitalar, na parte relativa a transtornos e desordens mentais, podemos ler: "Recuperada".

Recuperada. Será que minha personalidade cruzou aquela fronteira, qualquer que ela seja e onde quer que esteja, para que eu conseguisse retomar minha vida nos limites da normalidade? Será que parei de lutar com a minha personalidade e aprendi a caminhar na linha tênue entre sã e insana? Talvez eu realmente tenha tido um transtorno de personalidade. "O transtorno dissociativo de identidade apresenta um quadro clínico semelhante, porém, se os critérios para diagnóstico forem seguidos de forma apropriada e se a disfunção for suficientemente persistente, havendo pouca probabilidade de se limitar à fase de desenvolvimento [...]." Talvez eu tenha sido vítima de um palpite inapropriado?

Ainda não terminei meu diagnóstico.

"[...] A pessoa que sofre desse transtorno geralmente vivencia essa instabilidade de autoimagem através de sentimentos crônicos de tédio e vazio." Meus sentimentos crônicos de tédio e vazio vinham do fato de eu estar vivendo uma vida baseada nas minhas incapacidades — que eram inúmeras. Vou listá-las parcialmente. Eu não conseguia e não queria: esquiar; jogar tênis; fazer academia; assistir a qualquer aula na escola que não fosse de inglês ou biologia; escrever trabalhos sobre qualquer tema que fosse (eu sempre escrevia poemas em vez de trabalhos para as aulas de inglês — e tirava a nota mínima); planejar ir à faculdade; me inscrever para cursar a faculdade; dar explicações sobre por que eu não queria fazer nenhuma dessas coisas.

Minha autoimagem não era oscilante. Eu me via muito bem. Eu simplesmente era inapta para o sistema educacional e social da época.

Contudo, meus professores e meus pais não partilhavam do mesmo ponto de vista. A imagem deles sobre mim era a de que eu era instável, pois não estava em sintonia com a realidade, e porque se baseava nas necessidades e nos desejos deles. Eles não valorizavam minhas capacidades, que eram poucas, admito, mas genuínas. Eu lia de tudo, escrevia constantemente e tinha namorados para dar e vender.

"Por que você não faz a leitura dos livros da escola?", eles perguntavam. "Por que você não escreve os seus trabalhos, em vez de sei lá o que você está escrevendo? O que é isso, um conto?", "Por que você não gasta metade da energia que você gasta com seus namorados com os seus estudos?"

No meu último ano eu não me importava em dar desculpas, muito menos explicações.

"Cadê seu trabalho semestral?", meu professor de história perguntou.

"Não fiz. Eu não tinha nada a dizer sobre aquele tema."

"Você podia ter escolhido outro tema."

"Eu não tenho nada a dizer sobre qualquer tema que envolva história."

Uma vez, um dos meus professores disse que eu era uma niilista. Ele queria me ofender, mas decidi tomar aquilo como um elogio.

Namorados e literatura. Como é possível ganhar a vida fazendo essas duas coisas? Aparentemente, achei a resposta. Mais com a literatura do que com os namorados ultimamente, mas acho que não dá para a gente ter tudo na vida ("pessimismo com relação ao futuro").

Naquela época eu não sabia — e nem as outras pessoas — que era possível viver de namorados ou literatura. Até onde eu podia ver, a vida pedia habilidades que eu simplesmente não tinha. O resultado dessa perspectiva foi a sensação crônica de tédio e vazio. Havia outras características perniciosas relacionadas a isso: autodepreciação, alternada com "[...] acessos de raiva inapropriados, incorrendo em demonstrações de fúria [...]".

Qual seria um nível apropriado de raiva por me sentir excluída da vida? Meus colegas de classe estavam fantasiando sobre os próprios futuros: advogados, botânicos, monges budistas (era uma escola muito progressista). Até os burros, os desinteressantes, gente que estava lá só para manter o equilíbrio das coisas, sonhavam com seus futuros casamentos e sua prole. Eu, por outro lado, sabia que não teria nada daquilo porque eu simplesmente não queria. Mas será que isso necessariamente significava que eu não teria nada?

Eu fui a primeira pessoa na história da escola que não frequentou a universidade. Claro, um terço dos meus colegas de classe nunca se formou na faculdade. Em 1968, muitos jovens abandonavam os estudos.

Hoje em dia, quando digo que não fiz faculdade, as pessoas respondem: "Nossa, que maravilhoso!". Posso garantir que, se fosse naquela época, a opinião delas seria bem diferente. E como seria! Meus colegas de classe são exatamente o tipo de gente que diz o quanto sou maravilhosa agora. Mas, em 1966, eu era uma pária.

"O que você vai fazer quando acabar a escola?", vários deles perguntavam.

"Vou entrar para o exército", essa era uma das minhas respostas.

"Ah, é? Que carreira interessante!"

"É brincadeira", eu respondia.

"Ah, hã, então quer dizer que você não vai mesmo?"

Eu ficava perplexa. Quem eles achavam que eu era?

Por um lado, sei que não me conheciam muito bem. Eu era conhecida como a menina que usava preto e que — sério, escutei isso de várias pessoas — dava para o meu professor de inglês. Todos eles tinham 17 anos e eram infelizes, exatamente como eu. Não tinham tempo para se perguntar por que eu parecia mais infeliz que o resto deles.

Vazio e tédio. Que sutileza! O que eu realmente sentia era uma desolação completa. Desolação, desespero e depressão.

Será que não há outra forma de olhar para isso? Afinal, permitir-se sentir raiva assim é um item de luxo, um privilégio. Você precisa estar bem alimentado, ter boas roupas e uma casa para ter tempo de sentir toda essa autopiedade. E a questão da universidade? Meus pais queriam que eu fosse, eu não queria ir, e simplesmente não fui. Consegui tudo que eu queria. Quem não estuda precisa trabalhar. Concordei com isso. Repeti esse discurso várias vezes para mim mesma. Até consegui um emprego em que eu quebrava pratos!

Mas a forma como eu não conseguia me manter nos empregos era preocupante. Eu devia ser doida. Estive ruminando a hipótese por um ano ou dois — agora ela estava finalmente se concretizando.

"Controle-se!", disse a mim mesma. "Pare de sentir pena de si mesma. Não há nada de errado com você. Você é simplesmente geniosa!"

Um dos prazeres de se estar com a saúde mental em dia (se é que isso existe) é que passo muito menos tempo pensando sobre mim mesma.

Contudo, tenho mais comentários a fazer sobre meu diagnóstico.

"Esse transtorno é mais comumente diagnosticado em mulheres."

Preste atenção na forma como essa frase foi construída. Não escreveram "Esse transtorno é mais comum em mulheres". Ainda assim soaria suspeito, mas enfim, eles nem se importaram em apagar as pistas.

Muitos transtornos, de acordo com o pessoal do hospital, eram mais comumente diagnosticados em mulheres. Vamos falar, por exemplo, de "comportamento promíscuo".

Com quantas meninas você acha que um rapaz de 17 anos precisaria transar para receber o rótulo de "promíscuo compulsivo"? Três? Não, não seria o suficiente. Seis? Duvido muito. Dez? Hum, poderia até ser. Eu chutaria entre quinze e vinte — isso se eles botassem um rótulo desses em qualquer rapaz, o que nunca aconteceu.

E se estivermos falando de meninas de 17 anos, quantos rapazes seriam?

Na lista das seis coisas "potencialmente autodestrutivas" presentes no manual, três delas são comumente associadas a mulheres (comprar compulsivamente, furtar lojas, compulsão alimentar) e apenas uma a homens (direção imprudente). Uma delas não tem gênero específico (abuso de substâncias psicoativas). E a definição da última (relações promíscuas) depende do ponto de vista.

Depois temos a questão da "morte prematura" por suicídio. Por sorte, consegui evitá-la, embora pensasse muito em me matar. O truque era pensar no suicídio e ficar triste com a minha suposta morte prematura, para a partir daí começar a me sentir melhor. A ideia do suicídio funcionava para mim de maneira catártica. Para algumas pessoas — como Daisy — era diferente. Mas será que a morte dela realmente foi prematura? Será que ela teria passado cinquenta anos sentada na cozinha mastigando seus frangos e sua raiva? Claro que estou supondo que ela nunca teria mudado, mas não há como saber. Imagino que ela própria tenha pensado isso de si mesma e talvez estivesse errada. Se tivesse vivido mais trinta anos e se matado aos 49, em vez de aos 19, será que a morte dela também seria considerada prematura?

Eu saí dessa e Daisy não, mas não sei explicar por quê. Talvez eu apenas flertasse com a loucura, assim como flertava com meus professores e meus colegas de classe. Eu não estava convencida de ser louca, embora temesse estar. Algumas pessoas dizem que ter uma opinião consciente sobre isso é uma marca de sanidade, mas não tenho certeza disso. Ainda penso sobre essas questões. Sempre terei que pensar.

Com frequência me pergunto se sou louca. Pergunto às outras pessoas também.

"Será que dizer isso é muita loucura?", costumo perguntar antes de dizer algo que provavelmente nem é tão louco assim.

Começo várias frases com "Bom, talvez eu esteja louca", ou "Vai ver eu esteja com um parafuso a menos".

Se faço algo fora do comum — tomar dois banhos no mesmo dia, por exemplo —, pergunto a mim mesma: "Você está doida?".

Eu sei que é uma frase comum. Mas, para mim, tem um significado especial: os túneis, as telas de segurança, os garfos de plástico, a fronteira mutável e bruxuleante que, como todas as passagens, nos invoca e pede para ser cruzada. Não desta vez. Não quero atravessá-la novamente.

(a),

# VOCÊ ME ACOMPANHARÁ MAIS TARDE, NA ESTRADA

A maioria de nós saiu do hospital. Georgina e eu mantivemos contato.

Ela viveu em uma comunidade de mulheres ao norte de Cambridge por um tempo. Uma vez veio me visitar no meu apartamento e aterrorizou minha vizinha do andar de cima, que estava preparando pão.

"Você está fazendo errado!", ela disse. Estávamos tomando uma xícara de café enquanto ela sovava a massa. "Deixa eu te mostrar como é." Ela empurrou minha vizinha para fora do caminho e começou a arremessar a massa de um lado para o outro do balcão.

Minha vizinha era uma mulher de modos suaves, incapaz de um gesto rude ou deselegante. Consequentemente, a maioria das pessoas era muito educada com ela.

"Você tem que sovar a massa pra valer", Georgina disse, demonstrando como se fazia.

"Ah", respondeu minha vizinha. Ela era uns dez anos mais velha que nós e fazia pão por todo esse tempo.

Depois de dar uma boa espancada no pão, Georgina disse que precisava ir embora.

"Eu nunca fui tratada dessa maneira", minha vizinha afirmou. Ela me pareceu mais surpresa que brava.

Certo dia, Georgina começou a se envolver com um grupo de liberação feminina. Ela me atormentou para que eu participasse das reuniões. "Você vai amar!", ela disse.

Aquelas mulheres faziam com que me sentisse inadequada. Elas sabiam desmontar motores de carro e escalar montanhas. Eu era a única que estava casada. De certa forma, pude perceber que Georgina tinha um certo prestígio ali dentro, por causa de sua loucura — o mesmo não se aplicava a mim. Mas frequentei o grupo por tempo suficiente para começar a desconfiar do meu casamento e, principalmente, do meu marido. Comecei a arrumar brigas idiotas com ele. Era bem difícil arranjar motivos, porque ele costumava cozinhar, fazer as compras e, admito, boa parte das tarefas domésticas também. Eu passava a maior parte do tempo lendo e pintando aquarelas.

Felizmente, Georgina também arranjou um marido e parou de frequentar o grupo antes que eu conseguisse armar uma briga realmente séria.

Então fomos visitá-los na sua fazenda ao oeste de Massachusetts.

O marido dela era pálido, franzino e sem graça. Mas, além dele, Georgina também tinha arranjado uma cabra. Georgina, o marido e a cabra viviam em um celeiro sobre alguns acres de vegetação rasteira aos pés de uma pequena montanha. No dia em que os visitamos fazia frio, embora estivéssemos em maio, e ambos estavam ocupados encaixando vidraças nas janelas. As molduras das janelas eram gigantescas, então parecia uma tarefa bastante trabalhosa.

Observamos enquanto passavam argamassa e encaixavam as vidraças. Parada no quarto, próxima da porta, a cabra também observava. Finalmente, Georgina anunciou que era hora do almoço. Ela tinha enchido uma panela de pressão até a borda com batatas-doces. Foi nosso almoço. Colocamos xarope de bordo como cobertura. A cabra, por sua vez, comeu bananas.

Depois do almoço, Georgina perguntou: "Querem ver a cabra dançando?".

O nome da cabra era Querida. Ela tinha cor de gengibre e longas orelhas peludas.

Georgina segurou uma batata-doce no ar. "Dance, Querida!", ela disse.

A cabra se ergueu nas patas traseiras e perseguiu a batata-doce enquanto Georgina se afastava dela sempre que ela se aproximava. As longas orelhas balançavam conforme o animal dava pulinhos e sapateava no ar com suas patas dianteiras. Os cascos eram pretos e afiados — pareciam capazes de causar um estrago. De fato, pois quando ela perdeu o equilíbrio, o que aconteceu algumas vezes, um deles se chocou contra a bancada da cozinha, tirando uma boa lasca da madeira.

"Dá logo a batata pra ela", pedi. Alguma coisa naquela cena toda, na cabra dançando, me fez ter vontade de chorar.

Mais tarde, eles se mudaram mais para o oeste, para o Colorado, onde a terra era mais fértil. Georgina me ligou uma ou duas vezes de um orelhão. Não tinham telefone próprio. Não sei o que aconteceu com a cabra.

Alguns anos depois de Georgina ter se mudado para o oeste, topei com Lisa na Harvard Square, em Cambridge mesmo. Ela tinha um menininho de pele escura, de cerca de 3 anos, com ela.

Eu a abracei apertado. "Lisa", eu disse. "Estou tão feliz em te ver!"

"Este é meu menino", ela anunciou. "Não é louco que eu tenha um filho?", ela riu. "Aaron, diz oi." Ele não disse; em vez disso, escondeu-se atrás das pernas dela.

Ela parecia exatamente a mesma: esquelética, amarelada, alegre.

"O que você tem feito?", perguntei.

"Criado meu filho", ela disse. "É só o que dá pra fazer."

"E o pai dele?"

"Deixa o cara pra lá! Eu me livrei dele", ela acariciou o topo da cabeça do menino. "Não precisamos dele, né?"

"Onde vocês estão morando?", eu queria saber absolutamente tudo sobre ela.

"Você não vai acreditar", Lisa pegou um cigarro e o acendeu. "Estou morando em Brookline. Sou uma mamãe suburbana de Brookline. Eu tenho um filho, levo meu filho para a creche, tenho um apartamento, tenho móveis... E às sextas, inclusive, nós vamos à sinagoga."

"À sinagoga?!", isso me chocou. "Por quê?!"

"Eu quero...", Lisa hesitou. Nunca a tinha visto vacilar com as palavras antes. "Eu quero que a gente seja uma família de verdade, com móveis em casa e todas essas coisas. Quero que ele tenha uma vida de verdade. E a sinagoga ajuda. Não sei explicar por que, mas ajuda."

Encarei Lisa, tentando imaginá-la indo à sinagoga acompanhada de seu filho de pele escura. Percebi que estava usando joias — um anel com duas safiras encrustadas, uma corrente de ouro ao redor do pescoço.

"Qual é a das joias?", perguntei.

"Presentes da vovó, não é?", ela disse, dirigindo-se ao filho. "Tudo muda depois que a gente tem filhos", ela contou.

Eu não soube o que responder. Tinha decidido não ter nenhum e também sentia que meu casamento não duraria mais muito tempo.

Estávamos paradas no meio da Harvard Square, na frente da entrada para o metrô. De repente, Lisa se inclinou para mim e disse: "Quer ver uma coisa fantástica?", a voz adotando aquele antigo tremor de travessura contida. Acenei com a cabeça para dizer que sim.

Ela levantou a camiseta que vestia, com estampa de uma loja de baguetes de Brookline, e segurou a pele da barriga entre os dedos. Então a puxou. Sua pele parecia uma sanfona; foi se expandindo, mais e mais, até que estivesse a quase trinta centímetros do corpo. Depois, ela a soltou e a pele voltou para o tronco, primeiro parecendo um pouco enrugada, mas depois se ajustando de volta aos ossos da bacia, parecendo perfeitamente normal.

"Uau!", eu exclamei.

"Filhos", disse. "É o que acontece com a gente." Ela riu. "Aaron, diz tchau pra tia."

"Tchau", ele disse, me surpreendendo.

Precisavam voltar para Brookline de metrô. No topo das escadas, Lisa se virou para mim mais uma vez.

"Às vezes você pensa naqueles dias, naquele lugar?", ela perguntou.

"Sim", respondi. "Eu penso, sim."

"Eu também". Ela sacudiu a cabeça. "Bem, enfim...", encerrou a conversa, com certa animação. E então os dois desceram as escadas, rumo ao subterrâneo do metrô.

# GAROTA, INTERROMPIDA

O quadro de Vermeer, que vi no Museu Frick, faz parte de um conjunto de três quadros, mas não notei os outros dois quando estive lá. Eu tinha 17 anos e estava em Nova York com meu professor de inglês, que ainda não tinha beijado. Eu estava distraída pensando nesse beijo, que eu sabia estar quase chegando, quando deixei as pinturas de Fragonard para trás e caminhei pelo corredor que levava ao pátio — àquele pedaço pouco iluminado onde as obras de Vermeer brilhavam nas paredes.

Além do beijo, eu também estava pensando se seria possível me formar no ensino médio tendo reprovado em biologia por dois anos seguidos. Estava surpresa com as minhas notas, porque eu amava biologia e, quando reprovei da primeira vez, eu já era apaixonada pela disciplina. Minha parte favorita era genética — estudar a tabela de genes recessivos e dominantes. Eu gostava de calcular a sequência de olhos azuis em famílias que não tinham outras características em comum além de olhos azuis e olhos castanhos. Minha família, por exemplo, partilhava várias características — conquistas, ambições, talentos, expectativas —, mas todas elas pareciam recessivas em mim.

Passei distraída pela pintura da dama vestida em amarelo com a criada lhe entregando uma carta e pela pintura do soldado de chapéu extravagante com a moça sorrindo para ele. O tempo todo eu pensava em lábios quentes, em olhos castanhos, em olhos azuis. O que interrompeu meu fluxo de pensamento foram os olhos castanhos dela.

No quadro, a moça olha para fora da moldura, ignorando seu robusto professor de música, que descansa as mãos possessivas sobre a poltrona dela. A luz é muda, invernal, mas o rosto dela está todo iluminado.

Olhei para aqueles olhos castanhos e recuei. Ela estava tentando me avisar sobre alguma coisa — ela tinha parado de estudar só para isso. A boca dela estava levemente aberta, como se estivesse tomando fôlego para dizer: "Não faça isso!".

Dei um passo para trás, tentando fugir do alcance de sua urgência. Mas a urgência era tal que parecia encher todo o corredor. "Espere!", ela dizia agora. "Espere! Não vá embora!"

Não lhe dei ouvidos. Saí para jantar com meu professor de inglês, ele me beijou, voltei para Cambridge, reprovei em biologia, consegui me formar e, finalmente, enlouqueci.

Dezesseis anos depois, voltei para Nova York, dessa vez acompanhada de meu novo namorado rico. Viajávamos para vários lugares, e ele sempre pagava todas as nossas despesas, mesmo que isso o deixasse enervado. Nessas viagens, ele sempre dava um jeito de atacar minha personalidade — esta que uma vez, no passado, foi diagnosticada como um transtorno. Ou eu era emotiva demais, ou muito fria e crítica. Independentemente do que ele dissesse, eu tentava confortá-lo dizendo que estava tudo bem, que gastar dinheiro não era um problema. Só então ele parava de me atacar, o que significava que poderíamos continuar juntos e, em uma próxima viagem, voltar a esse ciclo de gastar-atacar.

Era um belo dia de outubro em Nova York. Ele tinha me atacado, eu o tinha consolado e agora estávamos preparados para dar uma volta.

"Vamos visitar o Frick", ele disse.

"Nunca estive lá", respondi. Depois pensei que talvez já tivesse visitado aquele lugar. De qualquer forma, decidi não acrescentar mais nada; tinha aprendido a não compartilhar minhas dúvidas.

Reconheci o museu quando chegamos lá. "Ah!", falei, "tem uma pintura que eu amo aqui!"

"Só uma?", ele respondeu. "Olhe só esses trabalhos do Fragonard!"

Eles não me interessavam. Deixei-os para trás e andei por aquele corredor que levava ao pátio.

Ela tinha mudado muito em dezesseis anos. Não parecia sentir qualquer urgência. Na verdade, ela estava triste. Ela era jovem e estava distraída, e seu professor a estava pressionando, tentando fazer com que prestasse atenção. Mas ela só queria olhar para fora, procurando por alguém que a enxergasse.

Dessa vez pude ler o título da pintura: *Garota interrompida em sua música (1658)*.

Interrompida em sua música. Exatamente como minha vida, interrompida na música dos 17 anos, tal qual a vida dela — roubada e fixada em uma tela; um único momento congelado que devia valer para todos os outros momentos, independentemente de quais fossem. Que vida conseguiria se recuperar disso?

Agora era eu quem tinha algo a dizer a ela. "Eu vejo você", eu disse.

Meu namorado me encontrou chorando na frente do quadro.

"O que aconteceu?", ele perguntou.

"Você não vê que ela está tentando sair?", falei, apontando para ela.

Ele olhou para a pintura, depois olhou para mim e disse: "A única coisa que você faz é pensar sobre si mesma. Você não entende nada de arte." E saiu para olhar um quadro de Rembrandt.

Desde então, vez ou outra, volto ao Frick para olhar para ela e para as outras duas obras de Vermeer. Afinal, seus quadros são difíceis de encontrar e o único que havia em Boston foi roubado.

As outras duas pinturas são autocontidas. As pessoas ali dentro estão olhando umas para as outras — a dama com a criada, o soldado e sua amante. Olhar para eles é como olhar através de um buraco na parede. Exceto que a parede é feita de luz — daquela luz crível, porém irreal de Vermeer.

A luz como está ali não existe, mas gostaríamos que existisse. Gostaríamos que o sol nos tornasse jovens e belos, gostaríamos que nossas roupas cintilassem e ondulassem sobre as nossas peles, mas, mais do que tudo, gostaríamos que todos que conhecemos pudessem se tornar seres iluminados apenas por terem nossos olhares sobre eles, assim como a criada com a carta e o soldado com o chapéu.

A garota em sua música, por outro lado, está sob uma forma diferente de luz — a luz espasmódica, nublada, da vida. Uma luz pela qual vemos nós mesmos e os outros somente de forma imperfeita e muito raramente.

**(a),**

# KAYSEN, SUSANNA #22 201

**36. Diagnósticos adicionais/outras doenças nesta instituição:**

| A. Diagnóstico | B. Data | A. Diagnóstico | B. Data |
|---|---|---|---|
| | | | |

**37. Cirurgia feita nesta instituição durante a internação:**

| A. Cirurgia | B. Data | A. Cirurgia | B. Data |
|---|---|---|---|
| | | | |

**38. Procedimentos terapêuticos durante a internação:**

| A. Procedimento: | B. Data: | A. Cirurgia | B. Data: |
|---|---|---|---|
| IPS 5x/semana | | | |
| GPS 1x/semana | | | |
| Droga: Clorpromazina | | | |

**39. Reservado:**

| 40. Diagnóstico no momento da alta, transtorno mental: | 41. Resultado do tratamento: |
|---|---|
| Transtorno de personalidade borderline | Recuperada |

**42. No período de internação, número de:**

| A. Visitas: | B. Períodos de cuidado da família: | C. Condicionais: | D. Ausência sem autorização: | E. Fugas: |
|---|---|---|---|---|
| 1 | 0 | 0 | 0 | 0 |

**43. No período de internação, número de dias passados em:**

| A. Registro: | B. Residência: | C. Saídas autorizadas: | D. Fugas: |
|---|---|---|---|
| 617 | 496 | 121 | 0 |

| 44. Tipo de internação no momento da alta: | 45. Sobrevivência no momento da alta: | 46. A. Última classificação: | B. Data: |
|---|---|---|---|
| Voluntária | Viva | Em consulta | 4 de setembro de 1968 |

| 47. Destino: | 48. Data da alta: |
|---|---|
| Apartamento | 3 de janeiro de 1969 |

**49. Em caso de morte, cópia para o certificado de óbito:**

| A. Causa da morte | B. Condições significantes associadas |
|---|---|
| Fatores preexistentes | |
| (1) | |
| (2) | |

| 50. Médico responsável por examinar o caso: | 51. Autópsia | 52. Local de sepultamento |
|---|---|---|
| Sim ( ) Não ( ) | Sim ( ) Não ( ) | |

# AGRADECIMENTOS

Muito obrigada a Jill Ker Conway, Maxine Kumin e Susan Ware pelo incentivo desde o início; a Gerald Berlin pela ajuda jurídica; e a Julie Grau por seu entusiasmo e cuidado — tanto com o livro quanto com a autora.

Sou extremamente grata a Robin Becker, Robin Desser, Michael Downing, Lyda Kuth e Jonathan Matson pela compreensão, bom humor e, principalmente, pela amizade verdadeira.

**Susanna Kaysen** também é autora dos romances *Asa*, *As l Knew Him*, *Far Afield*, *The Camera My Mother Gave Me* e *Cambridge*. Ela vive em Cambridge, Massachusetts.

**DARKLOVE.**

*Out of the ash*
*I rise with my red hair*
*And I eat men like air.*
— SYLVIA PLATH —

DARKSIDEBOOKS.COM

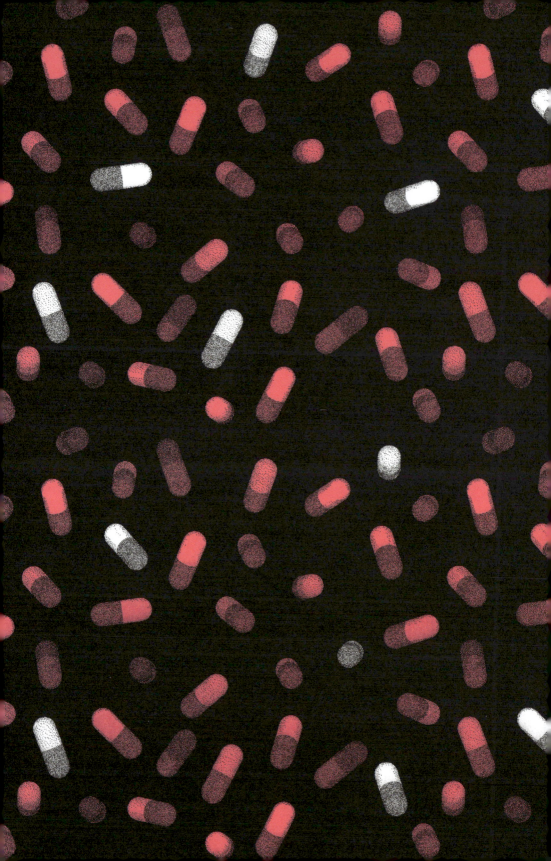